엄마,

조금만 천천히 늙어 줄래?

케스터 슐렌츠 지음. 배명자 옮김.

늙은 엄마라도,

아픈 엄마라도,

고집불통 엄마라도

엄마,

조금만 천천히 늙어줄래?

위즈덤하우스

차례

1 부

엄마가 늙었다.
우리는 뭔가를 해야만 했다

2 부

이제 엄마는
홀로 자기 길을 가야 했다

3 부

의 사 는 말 하 고
엄 마 는 듣 지 않 는 다

4 부

그저 놀고먹기에는 너무 늙었고,
희망 없이 살기에는 너무 젊다

엄 마 가 늙 었 다 .

우 리 는 뭔 가 를 해 야 만 했 다

1 부

병 문 안 을
가 다

"엄마, 좀 어때요?"

"죽을 맛이야. 집에서 고꾸라지다니 재수 옴 붙은 거지, 염병."

예전에 엄마는 사람들의 눈을 많이 의식했었다. 남들이 어떻게 생각하느냐가 엄마한테는 아주 중요했다. 하지만 81세가 된 지금, 이곳 병실에서는 그런 거에 전혀 개의치 않는 것 같았다. 게다가 '삐삐'라 부르며 애지중지하던 가발도 벗고 있었다. 삐삐는 침대 옆 서랍에 낀 채 삐죽 나와 있었다.

엄마 혼자 쓰는 병실이 아니었다. 인상이 온화한 터키 할머니

가 옆 침대에 조용히 누워 있었고 아들로 보이는 중년 남자가 침
대 앞에서 진지한 얼굴로 나를 빤히 쳐다보았다. 나는 멋쩍게 웃
었다.

"안녕하세요. 아흐메트라고 합니다." 남자가 먼저 인사를 건
넸다.

나도 내 소개를 하려는데 갑자기 엄마가 큰소리로 끼어들었다.

"그쪽은 마흐모트. 독일어를 기가 막히게 잘 해. 자동차 판매
원이래."

"독일인입니다." 아흐메트가 속삭이듯 말했다.

"그리고 똥이 안 나와." 엄마가 큰소리로 또박또박 덧붙였다.

"벌써 사흘째야."

나는 엄마를 빤히 보며, 여전히 꽃다발을 손에 든 채 어색하
게 웃었다. 그렇게 나는 우리의 트라우테 슐렌츠 여사 침대 앞에
서 있었다. 엄마는 베개에 등을 기대고 커다란 눈으로 나를 빤히
보았다. 목소리는 예전과 다름없이 카랑카랑 힘이 넘쳤지만 엄
마는 확실히 쇠약해졌다.

1년 전부터 엄마는 급격히 약해졌다. 늙고 병든 엄마 때문에
가족 모두가 절망의 늪으로 점점 더 깊이 빠져들었다. 이날은 절

망의 늪 밑바닥을 찍기 바로 직전이었다. 누나와 남동생 그리고 나는 현실을 직시해야 했다. 더는 부정할 수가 없었다.

　　엄마가 늙었다! 우리는 뭔가를 해야만 했다.

올 라 가 는 건 문 제 없 어 !
내 려 오 는 게 문 제 지 !

- 엄마의 독특한 표현법

1년 전만 해도 엄마는 지금 같지 않았다. 작년 10월에 엄마는 80번째 생일을 맞았다. 소박한 시골농장에서 생일잔치를 했다. 엄마는 고급 레스토랑에 전혀 관심이 없었다.

"싫어!" 자식들이 고급 레스토랑의 세련된 요리들을 제안하자 엄마는 단호하게 거절했다.

"샥스핀, 송로버섯, 그따위 개떡 같은 음식 말고 내 손님들이 맛나게 먹을 진짜 요리를 대접해야지. 갈비구이나 감자경단 같은 그런 거."

우리는 엄마가 하자는 대로 했다. 싸워봐야 소용없다는 걸 잘 알았으니까. 엄마는 드라마 〈다이너스티〉에 나오는 조앤 콜린스스(1980년대 방영한 〈다이너스티〉에서 자부심 강하고 거만한 알렉시스 역으로 큰 인기를 얻었다 - 옮긴이) 같은 사람이었다. 자기 의사가 명확한 사람. 엄마는 그런 사람을 좋아했다.

생일잔치는 일요일 점심에 열렸다. 엄마, 엄마의 세 자녀, 세 자녀의 가족들, 몇몇 친척과 친구들. 주인공 슐렌츠 여사는 무대 중앙 왕좌에 앉아 잔치를 통솔했다. 엄마의 보행보조기는 식당 입구 스탠드 옷걸이 옆에 주차되었다. 엄마는 아주 흡족해했다.

"보행보조기를 스포츠카처럼 꾸며야겠어." 남동생 게랄트가 말했다.

"스포츠카로 신나게 달리는 기분이라도 나게."

누나 코르넬리아가 끄덕였다. 멀리 자르브뤼케에 사는 누나는 남편과 함께 왔고 며칠 더 엄마 집에 머물 예정이었다. 이것은 굉장히 용감한 결심인데, 누나와 엄마는 반나절만 함께 있어도 다툼이 시작되기 때문이다. 그것도 아주 격렬하게. 한때 직업군인이었던 아버지는 이런 모녀관계를 '전시상황'이라 불렀었다.

아버지는 2년 전에 암으로 돌아가셨다. 6개월간 용감하게 암과 싸웠고 호스피스 병원에 입원한 지 일주일 만에 돌아가셨다.

호스피스 병원에서도 아버지는 꿋꿋이 혼자 힘으로 계단을 올랐다. 그것은 아버지에게 아주 중요한 일이었다. 마지막 남은 최후의 자존심. 그리고 아버지는 결국 그것마저도 내려놓고 떠났다.

아버지와 어머니. 두 분은 기본적으로 따로 떼어 생각할 수 없는 한 세트였다. 어떤 일이든 꼭 같이했다. 절대 혼자 하는 법이 없었다. 둘만 있으면 충분했기에 대부분 집에서 시간을 보냈다. 집에서 텔레비전을 보고, 음악을 듣고, 책 읽는 걸 제일 좋아했다. 함부르크 변두리에 있는 작은 다가구 주택에 둥지를 틀고, 그 안에서 세계를 내다보며 논평하는 공생관계의 부부. 두 분의 논평은 대부분 아주 신랄했고, 나이가 들수록 이른바 '더티 토크'가 점점 늘었다. 두 분은 거침없이 자신의 견해를 밝혔다. 예전에는 안 그랬다.

"사람들이 욕할라!" 그때는 이런 말을 많이 했었다. 그러나 이제는 사람들이 두 분의 욕을 들어야 했다. 예를 들어 독일의 정치상황을 논평할 때는 대개 이런 식으로 포문을 연다.

"빌어먹을 부랑자 헬무트 콜은….."

이런 말도 자주 썼다. "염병하네! 우리가 무슨 생각을 하고 무슨 말을 하던 우리 맘이지. 어디서 이래라 저래라야!"

두 분의 '더티 토크'는 때때로 재밌었고, 또한 때때로 힘겨웠다. 두 분은 항상 본인들이 제일 많이 알고, 항상 옳은 말만 한다고 생각했다.

부모님의 집은 4층이었다. 그런데 엘리베이터가 없었다. 20년 전쯤에 나는, 60대 노부부에게 계단 4층은 너무 힘들다며 이사를 강력히 권했었는데, 그러지 말았어야 했다. 그 후로 두 분은 일부러 더 그 집을 고집했기 때문이다. 내 말이 두 분한테는 너무 늙었다는 낙인처럼 들렸던 것이다.

나는 이 일을 통해 중요한 걸 깨달았다. 자식이 노부모에게 조언할 때는, 사춘기 자녀에게 충고할 때만큼 주의 깊고 섬세해야 한다. 공격적이거나 더 나아가 훈계하듯 하면, 즉각적으로 정반대의 결과를 얻는다. 설령 올바른 조언일지라도! 당연히 나중에 계단이 큰 문제가 되었다. 엄마는 특유의 표현법으로 부정했다.

"올라가는 건 문제없어! 내려오는 게 문제지!"

이 말은 나중에 가족들 사이에 유행어가 되었다. 나의 두 아들은 지금도 계단을 오를 때면 할머니를 흉내 내며 말한다.

"올라가는 건 문제없어!" 두 아이는 할머니의 독특한 표현법과 엉뚱하고도 철학적인 주장을 무척 재밌어한다.

심 장 운 동 ?
또 그 얘 기 야 !

아버지 장례식 이후 엄마는 그런대로 잘 지냈다. 아버지의 죽음을 슬퍼했지만 한편으로는 이제 아버지가 힘든 투병을 끝내고 편히 쉴 수 있게 되어 다행이라 여기는 것 같기도 했다. "혼자 살 수 있어, 걱정 마." 엄마가 말했다. 그리고 정말 그렇게 했다.

그러나 오래 가지 못했다. 엄마의 전화가 잦아졌고 대부분 목소리가 어두웠다.

"허리가 아파." 통화내용 대부분이 허리 통증이었다.

이런 날이 올 줄 알았다. 몇 년 전에 엄마는 관상동맥우회로이식수술을 받았다. 수술은 아주 잘 되었고 경과도 좋았다. 의사가 운동을 권했다. 심장운동모임에 나가 가벼운 운동으로 심장을 단련하라고.

"심장운동? 또 그 얘기야!" 엄마가 버럭 화를 냈다.

"늙은이들과 체육관에서 경중경중 뛰라고? 생각만 해도 끔찍하다!"

노인들은 자신도 늙었으면서 걸핏하면 다른 노인들을 '늙은이'라며 멸시한다. 우리 부모님은 특히 더 그랬다. 두 분은 시장에 다녀오면 어김없이 다른 노인들을 욕했다. '꾸물대는 늙은이' 때문에 계산대에서 너무 오래 기다렸다거나 '꼬부랑 영감탱이'가 버스에서 비틀비틀 느리게 알짱거려 속이 터졌다는 식이었다. 그때 아버지는 여든을 바라보는 나이였다.

형편이 이렇다 보니 심장운동모임 얘기만 나오면 엄마는 가보기도 전에 벌써 질겁했다. 그리고 등 떠밀려 한 번 다녀온 뒤로는 몇 배로 더 끔찍해했다.

"하나같이 금방 죽을 사람들 같았어." 엄마가 울상을 지었다.

"죄다 비틀비틀 걸어 다니는 좀비 아니면 엉덩이 깔고 퍼질러 앉은 뚱보들뿐이었어. 나는 그 속에서 계속 만세를 부르거나 바보같이 팔을 흔들어야 했다고!"

엄마는 끌려가다시피 몇 번을 더 갔고, 허리가 아파 더는 못 가겠다고 버텼다. 몇 번의 실랑이 끝에 결국 의사가 백기를 들었다.

"허리가 그렇게 아프시면, 운동을 잠시만 중단하셔도 좋습니다."

그러나 당연하게도 엄마는 '잠시 중단'을 '전면 금지'하라는 의사의 강력한 지시로 받아들였다.

"엄마, 조금씩이라도 운동해야 돼! 안 그러면 금방 힘이 빠진다고." 나는 거듭 설득했다. 실제로 의사들도 노인들에게 최대한 많이 움직이라고 조언한다. 근육은 쓰지 않으면 급속도록 약해진다. 또한 오늘날 요양원에서도 최대한 자율과 자립을 보장하기 위해 이른바 '능동적 돌봄'을 시행한다.

그래서 나는 틈만 나면 엄마에게 부탁했다. "엄마, 뭐라도 해! 운동이 최고야!"

"하고 싶어도 못해. 허리! 너도 알잖아. 의사도 절대 안정을 취하라고 했어."

엄마는 운동에 관심이 없었다.

어쩔 수가 없었다. 엄마도 결국엔 보행보조기의 베스트프렌드가 되었다. 나는 처음부터 보행보조기를 싫어했다. 분명 노인들에게 유용한 발명품이지만, 솔직히 내가 보기에는 아직 정정한 신사숙녀를 너무 서둘러 늙은이로 만들어버리는 것 같다. 어쩌다 보니 엄마는 보행보조기가 세 대나 되었다. "만에 하나 다른 게 고장 날 때를 대비해서" 추가 구입한 것이 지하실에 있었는데도 나중에 엄마는 "바퀴가 훨씬 더 좋은 모델"이라며 한 대를 또 샀다.

"온열 좌석 모델이 발명되지 않기만 바랄 뿐이야." 동생이 말했다.

"그런 게 발명되면 곧 네 대가 될 거야."

그러나 보행보조기 삼총사는 구닥다리 자동차처럼 구석 어딘가에 방치되었다. 엄마가 허리 통증을 핑계로 내내 소파에 누워만 있었기 때문이다. 처음에 우리 삼남매는 엄마의 허리 통증을 대수롭지 않게 여겼고 그저 심리적인 문제일 거라 생각했다. 엄마가 혼자 살아가야 한다는 걸 이제야 실감한 걸까? 혹시 우울증? 우리는 대신 장을 봐다 놓고 빨래를 하고 엄마의 기분을 띄워보려 애썼다. 하지만 헛수고였다.

언젠가부터 엄마는 일어설 수조차 없었다. 그대로 둬선 안 되겠다 싶어 병원에 갔고 정말로 디스크 진단을 받았다. 자식들이 크게 잘못했다. 엄마가 매사에 툴툴대며 짜증을 낸 데는 다 이유가 있었다. 다행히 수술할 정도는 아니었다. 진통제를 맞고 다시 기운을 차려 집으로 왔다. 우리는 엄마를 부축해 수많은 계단을 힘겹게 올랐다. 엄마는 집에 도착하자마자 기진맥진해 소파에 누웠다.

　"올라가는 건 문제없어!" 우리는 엄마의 이 말을 더는 듣지 못했다.

빌어먹을 쓰레기,
다 버려!

– 엄마의 이사

가족회의가 열렸다. 누나, 남동생 그리고 나. 이제부터 엄마를 어떻게 모셔야 할지 의논하기 위한 식사자리였다. 셋 중 한 명이 엄마와 같이 사는 방안은 엄마에게도 자식들에게도 고려대상이 아니었다. 일주일 만에 서로의 목을 조르게 되리란 걸 모두가 잘 알았다. 그리고 만장일치로 합의된 또 하나는 엄마의 이사였다. 엄마는 나이에 맞는 집이 필요했다. 최소한 엘리베이터가 있거나 1층이어야 했다. 우리는 적당한 집을 찾아보고 엄마에게 여러 가능성을 설명하기로 결정했다.

함부르크 외곽지역의 노인보호주택단지에서 마침내 적당한

집을 찾아냈다. 1층, 방 두 개, 발코니도 있었다. 엄마는 보자마자 맘에 들어했다. 갑자기 엄마는 빨리 이사를 가지 못해 안달이었다. "염병할 계단. 이젠 쳐다보기도 싫어."

새집에서 엄마가 제일 좋아하는 건 엘리베이터였다. 사실 엄마는 엘리베이터를 탈 일이 없었다. 얕은 계단 몇 개만 오르면 바로 현관이기 때문이다. 그러나 엄마는 나중에 2미터가 채 안 되는 계단마저도 꼬박꼬박 어김없이 엘리베이터를 이용했다. 무리하지 않는 게 나으니까!

이사를 돕기 위해 코르넬리아 누나가 남편 볼프강과 함께 다시 자르브뤼켄에서 왔다. 아내와 나, 두 아들 헨리와 한네스 그리고 그들의 친구 율스도 이사를 돕기로 했다. 엄마는 율스를 보자마자 장난스럽게 물었다. "넌 이름이 뭐니?"

"율스에요." 그가 대답했다.

"율리아?" 엄마가 물었다.

"아니, 율스!"

"이름 한번 고약하네." 엄마가 중얼거렸다.

'트라우테 슐렌츠 월드에 오신 걸 환영합니다!' 나는 속으로 외쳤다.

이사는 만만한 일이 아니었다. 엄마가 쟁여둔 물건들을 보니 기가 찼다. 짐을 싸는 데만 하루 종일 걸렸다. 분류와 경악, 설득의 긴 과정이었다.

엄마는 물건을 못 버렸다. 자기 물건이면 특히 더했다. 그리고 엄마는 물건이 아주 많았다. 우리 집에는 손톱깎이가 한 개 있다. 엄마 집에는 여섯 개가 있었다. 뿐만 아니라 손톱손질 풀세트와 손톱손질용 전동 줄도 있다. 세제는 또 어찌나 많던지, 우리는 엄마가 혹시 마트를 몽땅 턴 게 아니가 잠깐 걱정했다. 우리의 슐렌츠 여사는 테이블보가 20장, 수건이 약 50장이나 있었고 침대 시트는 유스호스텔 하나를 커버할 만큼 많았으며 머리빗은 여덟 개나 되었다.

볼프강은 실랑이가 필요 없는 특별 기술을 개발했다. 그는 수납장과 서랍장에 든 모든 물건들을 고스란히 각각의 상자에 넣은 뒤 새집에 다시 똑같은 자리에 그대로 재현해놓았다. 혼돈까지도 똑같이. 다 쓴 배터리만 분리해서 버렸다. 엄마는 배터리가 아주 많았다. 배터리 중독자처럼. 손전등이나 독서확대경 세 개 중 하나가 언제 새 배터리를 달라고 할지 모르는 일이니까!

욕실물품이 담긴 거대한 상자를 누나와 함께 풀었다. 마트 욕실코너를 방불케 할 만큼 종류가 아주 많았다. 당연히 여러 개씩. 누나는 상황을 분석한 뒤, 신체구역별로 물품을 구분해 넣기로 결정했다. 상자 깊숙한 곳에서 뒤꿈치 각질제거연고가 다섯 통째 나왔을 때 우리는 폭소를 터트릴 수밖에 없었다. 누나가 웃음을 참으며 말했다. "고민할 것 없이, 각질제거사포와 돌 옆에 나란히 두면 되겠어. 안 그래?"

정리가 진행되면서 마침내 엄마는 새집이 옛날 집보다 좁다는 걸 깨달았고 과감해지기 시작했다. "빌어먹을 쓰레기, 다 버려!" 상자를 열 때마다 계속 이렇게 말했다. 의자, 탁자, 옷 그리고 장들이 사회복지시설로 보내지거나 재활용쓰레기로 버려졌다.

엄마는 군사령관처럼 배치를 지휘했다. 엄마는 무엇이 어디에 놓여야 할지 정확히 구상하고 있었다. 우리가 상자를 끌어와 열면 엄마가 명령했다. "부엌으로!" 혹은 "이런 쓰레기 같은 책들은 버리고 왔어야지!" 그리고 이사를 마친 뒤에는 예외 없이 모두 맥주를 마시라고 명령했다. 전통이라면서.

희한하게도 테라스문과 현관문이 동시에 열려 있으면 언제나 비상벨이 울렸다. 테라스문을 열어 놓고 외출하는 일이 없게 하려고 먼저 살던 사람이 비상벨을 달아둔 것 같았다. 비상벨 소리가 어찌나 큰지 귀가 다 먹먹해졌다. 그럼에도 엄마는 비상벨을 그대로 두라고 했다. "테라스문 닫는 걸 나도 잊어버릴 수 있잖아." 엄마는 언제나 안전을 최우선으로 했다.

놀랍게도 상자에서 총이 나왔다. "가스총이야." 엄마는 총을 쓰다듬으며 태연하게 말했다. "네 아버지가 샀어. 주변에 좀도둑들이 들끓었거든." 나는 엄마에게 총을 없애라고 설득할 수 없었다. 엄마는 총을 언제나 침대 옆 협탁에 보관했다. "그렇게 하니까, 추리소설에 나오는 청부살인업자 같아요." 한네스가 싱글거리며 말했다. 헨리와 한네스는 도둑을 제압하는 할머니의 모습을 자주 상상했다. 도둑이 할머니 집에 침입하고 그때 할머니가 성룡처럼 침대에서 벌떡 일어나 가스총을 겨누며 외친다. "꼼짝 마라 네 이놈! 안 그러면 머리통을 날려버릴 테다." 엄마는 틀림없이 심한 욕을 섞어 이것보다 더 강렬하게 표현할 것이다.

율스는 엄마의 터프한 모습에 깊은 인상을 받았다. 특히 엄마가 그를 은밀히 불러 귓속말로 물었을 때. "율리아! 총 한 번 만져볼래?"

엄마는 새 동네에 아주 빠르게 적응했다. 당연히 처음에는 온통 늙은이들만 산다고 불평했다. 하지만 사람들과 어울리는 걸 좋아하는 엄마답게 금세 친구들을 사귀었다. 엄마는 아버지와 둘만으로 충분했던 지난 10년보다 더 자주 사람들을 만났다.

엄마는 정말로 활달해졌다. 심지어 2년 전에는 '고위층' 친구와 송년파티도 했다. 동생은 고위층 친구라는 말에 상류층 사람인가보다 생각했지만 사실은 그냥 한 층 위에 사는 사람이었다. 송년파티라고 해봐야 샴페인 한 병과 텔레비전 시청이 전부였다. 두 노인은 텔레비전을 보면서 연말에는 미치광이, 건달, 술주정뱅이, 멍청이만 나온다는 걸 확인했고 게다가 고위층 친구의 귀가 잘 안 들렸기 때문에 엄마는 논리적 미디어비평을 큰소리로 외쳐야 했다. 그러나 새해인사 통화 때 엄마는 그렇게 즐거운 송년파티는 처음이었다고 강조했다.

엄마의 주중 하이라이트는 쇼핑이었다. 엄마는 아침마다 보행보조기를 밀며 느릿느릿 쇼핑센터로 갔고 단골상점들이 금세 생겼다. 클래식 음악에 관한 고견을 길게 풀어놓는 꽃가게, 뚱뚱해도 아주 친절한 점원이 있는 빵집, 가장 많은 시간을 할애하는 슈퍼마켓. 엄마는 옛날부터 쇼핑하는 걸 좋아했고 늘 너무 많이 샀다. 그것은 여전했다. 또한 매일 장을 보기 때문에 굳이 얼릴 필요가 없는데도, 엄마는 항상 냉동실을 가득 채워놓았다. "언제 전쟁이 날지 모르잖아!"

엄마는 혼자서 잘 해내고 있었고 건강도 그럭저럭 괜찮아 보였다. 그러나 확실히 엄마는 아주 느려졌고 눈도 황반변성 때문에 점점 더 나빠지는 것처럼 보였다. 그러나 엄마는 잘 해냈다.

하지만 계속 이렇지는 않을 것이다.

81세 생일,
내리막길이 시작됐다

대략 5개월 뒤에 엄마의 상태는 다시 악화되기 시작했다. 제대로 할 수 없는 일 혹은 전혀 할 수 없는 일들이 매주 늘어났다. 일어서기가 힘들어졌다. 걷기가 버거워졌다. 그리고 고위층 친구는 너무 높이 살아서 만나기가 힘들어졌다. 엄마는 다시 혼자 지내는 날이 많아졌다. 엄마의 전화가 잦아졌고 불평도 많아졌다. "전등이 너무 밝아서 눈이 아파." "입맛이 없어." "밖에 나가기 싫어."

우리는 엄마를 위로하고 격려하고 응원했다. 그리고 새로운 상황에 어떻게 대처해야 할지 몰랐다. 엄마는 그저 관심을 받고 싫었던 걸까? 아니면 정말로 완전히 쇠약해진 걸까?

엄마의 81번째 생일이 변곡점이었다. 엄마는 생일파티도 손님초대도 싫다고 했다. 두 아들만 잠시 들렀다 가라고 했다. 커피와 케이크를 가지고. 엄마는 커피와 케이크도 직접 준비할 수가 없었다.

동생과 내가 초인종을 눌렀을 때, 엄마가 문을 열어주기까지 영원 같은 시간이 흘렀다. 엄마는 아주 느리게 걸었고 안색이 창백했다. "어서들 와!" 엄마는 짧게 한마디 하고 느릿느릿 소파로 향했다. 엄마는 소파에 앉아 집안을 멍하니 보았다.

동생과 나는 식탁을 차렸고 엄마는 힘겹게 일어나 한참이 걸려 우리 옆에 와서 앉았다. 우리는 서로의 얼굴을 보았다. 마음이 무거웠다. 우리는 커피를 마시고 케이크를 먹었다. 늘 그렇듯 라디오가 켜져 있었다. 클래식 음악 채널. 엄마는 클래식 음악만 들었다. 힘없이 쳐져 있던 슐렌츠 여사가 잠깐 기운을 차렸다. "지금 나오는 저 사람, 몽세라 카바예. 더럽게 뚱뚱해." 엄마의 불평은 여전했다.

그런 다음 엄마는 위에 사는 이웃 남자를 욕했다. 멍청이가 마트까지 태워다주지 않는다면서. 태워달라고 물어보긴 했냐고 문자 엄마는 당연하다는 듯 "아니!"라고 대답했다. "그 멍청이가 나한테 먼저 물어봤어야지!" 아, 우리의 슐렌츠 여사를 누가 말리랴!

가 발 이
훌 러 덩

커피를 다 마신 엄마는 다시 소파에 가서 누웠다. 가발이 살짝 삐뚤어져 우스꽝스러웠다. 엄마는 가발이 대유행이던 1970년대 부터 가발을 쓰기 시작해서 그 후로 절대 벗지 않았다. 오로지 잠 잘 때만 벗었다. 엄마는 매년 새 가발을 샀다.

평생 잊지 못할 가발 에피소드가 하나 있다. 때는 1973년, 엄 마와 나는 시장에 갔다. 갑자기 비가 내렸고, 우산이 없었던 우리 는 집으로 발길을 재촉했다. 그때 우산 쓴 남자가 맞은편에서 왔 고 길이 비좁아 우리는 몸을 바짝 밀착시켜 가까스로 남자를 비 껴갔다. 이때 남자가 우산을 너무 낮게 들었던 탓에 일이 벌어졌다. 우산 살 하나가 밖으로 삐져나와 있었는데 그것이 작은 창처럼 엄마의 머리를 찔렀다. 남자가 놀라서 얼른 우산을 올렸고 그 바람에 가발이 벗겨져 우산 끝에 대롱대롱 매달려 있었다. 마치 머리가죽이 벗겨진 것처럼. 남자는 기겁하여 비명을 질렀고 엄마는 번개처럼 빨랐다. 스파이더맨처럼 팔을 뻗어 찰나의 순간에 가발을 낚아채 정수리에 올리고 이리저리 자리를 맞춘 뒤 아무 일 없는 것처럼 서둘러 그 자리를 떴다. 뒤도 돌아보지 않고. 나는 엄마를 따라잡기 위해 뛰면서 뒤를 돌아봤다. 우산 쓴 남자는 번개 맞은 사람처럼 아직도 그 자리에 꼼짝 않고 서 있었다.

죽으면 죽었지,
요양원엔 절대 안 가!

　　생일 커피타임을 마치고 동생과 나는 차에 앉아 서로에게 물었다. "엄마가 언제까지 혼자 지낼 수 있을까?"

　　우리는 연민과 무력감을 동시에 느꼈다. 이런 감정은 그 뒤로도 몇 달 동안 우리를 괴롭혔다. 엄마는 얼마나 더 혼자 살 수 있을까? 엄마는 지금 어떤 도움이 필요할까? 우리는 누나에게 전화해 엄마의 상태를 설명했다.

　　코르넬리아 누나는 실용주의자의 면모를 보였다. "엄마는 조만간 요양시설로 가야 할 거야. 일단 근처에 있는 요양원부터 알아보고 연락할게."

법률가인 누나는 다행히 몇 년 전에 벌써 노부모와 관련된 주요 대비책을 마련해두었다. 덕분에 엄마와 우리는 나중에 아주 편했다. 부모님 두 분 다 사전의료의향서, 건강 및 의료에 관한 위임장에 서명했고 자식들을 위임권자로 지정했다. 아직도 많은 사람들이 이런 조처의 중요성을 잘 알지 못한다. 아무리 늦어도 중년이 되면 모두가 자기 의지로 이런 대비책을 마련해둬야 한다. 서류양식은 인터넷에서 쉽게 다운받을 수 있다. 확실하게 해두고 싶다면 법무관의 도움을 받아 의향서를 작성하고 서명하면 된다. 중병에 걸렸을 때 혹은 의사표현을 할 수 없게 되었을 때 어떤 치료법을 허용하고, 어떤 치료법을 거부할지 명확히 밝혀둬야 한다. 또한 의사표현이 어렵거나 이성적 판단이 힘들 때 은행, 의료보험, 집세, 요양원 등 생활분야 전반에서 누가 결정권을 갖고, 누가 대리자인지 확실히 정해둬야 한다. 그러지 않으면 자신의 운명과 재산을 가족이 아니라 생면부지 낯선 사람들이 좌지우지할 위험이 있다.

만에 하나 엄마의 상태가 갑자기 악화되더라도, 그에 필요한 모든 서류가 준비되어 있다는 사실에 약간 안심이 되었다. 엄마의 상태가 아직 그 정도는 아니지만 아무튼 점점 나빠지는 건 확실했다. 엄마는 점점 더 자주 전화해 이런저런 불평을 늘어놓았다.

"앞이 잘 안 보여.""기운이 없어서 소파에서 일어나기도 힘들어.""마트도 못 가겠어." 이런 전화를 받으면 당연히 마음이 아팠지만 가끔은 짜증이 나기도 했다. 무엇보다 우리가 뭘 해야 할지 몰랐기 때문에. 아주 조심스럽게 요양원 얘기를 꺼내자마자 엄마는 격렬하게 반응했다. "시끄러! 죽으면 죽었지 요양원엔 절대 안 가."

그동안 우리 자식들은 부모님을 자주 찾아뵙지 않았고, 부모님 역시 자식들 집에 자주 들르지 않았었다. 이따금 전화만 할 뿐 각자 자기 삶을 살았다. 그리고 모두가 그런 독립성을 좋아했다. 그러나 이제부터 삼남매는 교대로 엄마 집에 가 냉장고를 채워놓고 엄마가 혼자서도 잘 지낼 수 있게 만반의 준비를 해두어야 했다. 이유는 간단했다. 그 방법밖엔 없었으니까.

우리 삼남매가 이렇게 열심히 엄마를 돌보는 것이 어쩐지 어색하고 이상했다. 엄마는 누구보다 독립성을 중요시했고 어쩌다 자식들이 방문하면 "이제 그만들 꺼져. 조용히 좀 쉬게"라고 말하기 일쑤였기 때문이다. 그랬던 엄마가 이제 점점 더 쇠약해지고 있었다. 그럼에도 엄마는 예나 지금이나 자기 의사가 분명했고 신랄한 비판도 여전했다. 한번은 엄마가 커다란 텔레비전 앞에 바짝 다가앉으며 말했다. "이렇게 해야 겨우 보여." 엄마는 텔레비전을 보며 욕했다. "젠장, 귄터 야우흐잖아. 밉상."

"하지만 엄마," 내가 말했다. "저 사람은 카이 플라우메야."

"그놈도 마찬가지야." 엄마가 대답했다.

도그자식과
피자 굽기

앞에서 말했듯이, 부모님의 말씨가 원래부터 노골적이었던 건 아니다. 대략 20년 전부터 두 분은 이른바 '더티 토크'를 즐겼다. 아이들이 아직 어리고 한창 말을 배울 때라, 나는 두 분께 손자들 앞에서 좀 조심해달라 부탁했었다. 그리하여 아버지는 수사학적 변용을 고안해냈다. 아버지는 손자들과 소파에 앉아 이렇게 설명했다. "얘들아, 너희 아빠가 그러는데, 할머니랑 내가 좀 더 교양 있게 말해야 한다는구나. 그래서 이제부터는 '개새끼'라고 안 하고 '도그자식'이라고 할 거야. 알았지?" 나는 나무라는 눈빛으로 아버지를 보았지만 삐져나오는 웃음을 참지 못했다. 내 반응에 용기를 얻었는지 아버지는 계속 말을 이었다. "그리고 '토한다'는 말 대신에 '피자 굽는다'고 할 거야. 알겠지?" 아이들이 히죽 웃으며 고개를 끄덕였다.

내 아버지지만 참 대단하다!

부모님의 몇몇 표현과 특별한 말씨는 우리 가족의 유행어가 되었다. 예를 들어 엄마는 '가발'을 항상 '머리뚜껑'이라고 불렀다. 나 역시 '머리뚜껑'이라는 말이 훨씬 재밌고 좋다. 어쩐지 더 많은 의미가 내포된 것 같기 때문이다. 아내도 '가족 언어'에 공헌했다. 아내는 어렸을 때 '트림'이 아니라 '드림'인줄 알았다고 얘기했다. 아이들은 그것을 아주 맘에 들어했고 그 후로 콜라를 마신 뒤 방이 울릴 정도로 크게 트림이 나면 항상 덧붙였다. "미안, 드림은 참기가 너무 어려워." 그 사이 어른이 된 한네스와 그의 친구들은, 내가 어렸을 때 쓰던 표현들을 지금도 자주 사용한다. 모든 부모들처럼 우리 부모님도 아이들과 얘기할 때 대변과 소변을 어떻게 표현할지 몰라 난감해했다. 부모님은 '대변' 대신에 '밀어내기 한판'이라는 우스꽝스러운 표현을 선택했다. 나는 이 얘기를 아이들에게 해줬고, 특히 감동을 받은 한네스는 그 후로 늘 이 표현을 사용했다. 또한 친구들에게도 전파해 지금은 그들만의 암호처럼 사용된다. 그들은 잠시 자리를 비운 이유를 설명할 때 아주 당연하듯 '밀어내기 한판 하고 왔다'고 말한다.

심지어 특별히 고급스러운 표현만 쓰려 애썼던 시기도 있었다. 아버지는 아름다운 수채화를 그려 부대나 병원 혹은 마을회관에서 전시회를 가졌다. 엄마는 항상 그림 옆에 가격표를 붙였다. '바람 앞의 등불'이라는 제목의 그림이 있었고 그림 옆에 당연히 그렇게 제목이 붙었다. 그러나 수준 낮은 표현을 절대 용납하지 않았던 엄마는 가격표에 아주 격조 있게 적었다. '풍전등화'라고.

엄 마 의 노 화 는
날 벼 락 처 럼 느 닷 없 이

　동생과 나한테 거는 엄마의 전화 횟수는 줄지 않았다. 삼남매 중에서 기계와 제일 친한 남동생이 특히 엄마의 전화를 고문 수준으로 많이 받았다. 엄마는 거의 매일같이 동생에게 전화해서 전화기가 고장 났다고 불평했다. 전화를 하면서 전화기가 고장이라고 주장하는 사람과 통화하기란 결코 쉬운 일이 아니다. 전화기가 고장인데 지금 어떻게 전화를 했느냐고 최대한 친절하게 지적하면 엄마는 이렇게 대답했다. "그래, 지금은 되는데, 다른 때는 안 된다니까! 통신회사 놈들은 오지도 않고."

　동생은 대단한 인내심으로 이 문제를 대했다. 그는 핸드폰을 다시 충전해보고, 모드를 바꿔보며 모든 게 정상인지 통신회사에도 확인했다. 한번은 정말로 아주 잠깐 통신장애가 있기도 했었다. 엄마는 자신이 항상 옳다는 절대적 증거를 확보한 듯 의기양양하여 통신회사를 욕했다. "염병할 놈들! 빌어먹을 놈들!"

나와 엄마의 통화 대부분은 의료와 관련이 있었다. 내가 전화를 받으면 엄마는 다짜고짜 예를 들어 이렇게 말했다. "약을 못 찾겠어. 어디에 뒀는지 생각이 안 나."

누나하고는 대부분 일요일에 통화했고 거의 항상 싸움으로 끝났다. 그러면 엄마는 종종 내게 전화해서 하소연했다. "코르넬리아는 왜 그렇게 못되게 군다니. 그 못된 것이 글쎄, 내가 혼자 못 살 거란다."

"엄마, 그건 못된 게 아니라 현실적인 거야." 내가 대답했다. "아무튼 엄마 약은 현관 옆 선반에 있어. 그리고 빨리 병원에 가야 해. 예약을 하긴 한 거야? 날짜 잡히면 얘기해. 내가 태워다 줄게."

"알았어. 내가 알아서 할 테니 그렇게 들볶지 좀 마." 엄마가 짜증을 냈다.

그 외에도 엄마는 다양한 소식을 내게 전했다. 방금 뭘 깜빡했었는지 혹은 뭘 먹을 건지 등. 그리고 어제 저녁에 텔레비전에서 본 누군가를 욕하고, 방금 라디오에서 들은 오페라공연을 욕했다. "그 젊은 테너가 또 나왔어. 왜 거 있잖아, 기생오라비처럼 생긴 요나스 카우프만! 역시 꼴불견이야."

그렇게 몇 주가 갔다. 우리는 엄마와 통화했고 정기적으로 방문했다.

그리고 정말로 심각한 일이 벌어졌다. 동생이 전화로 알렸다. "엄마 옆집 아주머니가 방금 전화했었어. 엄마가 넘어졌는데 일어나질 못하고 있대. 엄마가 도와달라고 외치는 소리를 들었대."

우리는 곧장 엄마한테로 달려갔다. 삼남매가 엄마 집 열쇠를 하나씩 가지고 있었기 때문에 우리는 어려움 없이 문을 열고 들어갔고 욕실 앞에 누워 있는 엄마를 발견했다. 엄마는 거기서 넘어졌고 일어나질 못하고 있었다. 우리는 겨우 엄마를 침대에 눕히고 어디 아픈 데는 없는지 물었다. 다행히 다친 데는 없었다. "어떻게 된 건지 나도 모르겠어." 엄마가 말했다. "그냥 누가 뒤에서 잡아당기는 것 같았어. 그러곤 쾅당 넘어진 거지."

동생과 나는 서로를 보았다. 둘 다 같은 생각이었다. 이대로는 더 이상 안 되었다. 뭔가 조치가 필요했다.

그러나 엄마는 무슨 일이 있어도 집에 있겠다고 했다. 결국 우리는 적십자에 비상전화서비스를 신청했다. 친절한 사람들이 방문하여 이른바 '케어폰'을 엄마의 휴대전화와 연결시키고 무선송신기가 달린 팔찌를 주고 갔다. 엄마는 앞으로 이 팔찌를 밤낮으로 차고 있어야 했다. 만에 하나 다시 넘어져 일어나지 못하는 일이 또 생기면 엄마는 팔찌에 달린 커다란 빨간 단추를 누르면 된다. 그러면 적십자 응급구조대에 알람이 울리고 응급구조대는 즉시 엄마한테 연락해 사태를 파악한다. 케어폰에 스피커와 마이크가 달려 있어서 응급구조대의 음성이 집 전체에 울리고 엄마의 대답도 응급구조대에 전달이 되었다. 세심하고도 꼼꼼한 서비스였다. 응급구조대가 연락했을 때 아무 대답이 없으면, 몇 분 안에 구급차가 출동한다. 엄마는 한참을 망설인 끝에 적십자 사람들에게 집 열쇠 하나를 내주었다. 열쇠가 없으면 당연히 프로젝트 전체가 아무 소용이 없을 테니까.

이제 우리는 다시 한시름 놓았다. 적십자 응급구조버튼 덕분에 우리는 엄마가 바닥에 쓰러진 채 혼자 방치되는 일은 없겠다, 안심할 수 있었다. 이제 엄마는 넘어져 꼼짝할 수 없게 되더라도 응급구조버튼을 눌러 도움을 청할 수 있다. 하지만 만약 의식을 잃고 쓰러지면 그것도 아무 소용없는 거 아닌가?!

엄마의 상태는 전반적으로 점점 더 나빠졌다. 처음에 나는 그것을 어떻게 받아들여야 할지 몰랐다. 때때로 속으로 묻기도 했었다. 엄마가 혹시 엄살을 부리는 거 아닐까? 그냥 혼자 있기 싫어서? 일부러? 못된 아들처럼 들리겠지만 실제로 당시 나는 이런 생각들을 했었고 연민과 책임감 그리고 약간의 짜증이 뒤섞인 기묘한 감정을 느꼈다.

엄마의 갑작스러운 노화는 삼남매에게 과중한 부담이었다. 우리 삼남매는 엄마의 노화와 건강악화가 차근차근 진행되고 그것에 대비하고 준비할 시간이 충분할 거라 생각했었다. 그러나 그렇지 않았다. 엄마는 신체적으로, 정신적으로 급격히 쇠약해졌다. 맑은 하늘에 날벼락처럼 느닷없이. 당연히 우리는 치매환자의 고통과 가족들의 힘겨움에 대해 잘 알고 있었다. 과연 앞으로 슐렌츠 여사와 삼남매는 어떻게 될까?

엄마는 매일 매일 약해졌고 점점 더 정신이 오락가락했고 대화주제도 널을 뛰어 엉뚱한 상상으로 넘어갔다. 엄마는 거의 하루 종일 침대에만 누워 있었고 화장실이나 부엌만 잠깐씩 몸을 끌다시피 겨우 갔다.

동생이 엄마를 위해 적십자에 식사배달서비스를 신청했다. 배달된 음식을 먹은 엄마의 평은? "똥개 똥구멍 맛이야." 평소 같으면 쩌렁쩌렁 큰소리로 나와야 할 욕이었지만 이제 엄마는 욕마저도 공기반 소리반으로 속삭였다. 그리고 그런 신랄한 코멘트마저 생략되는 경우가 점점 많아졌다. 그것은 마치 엄마가 퇴화를 시작해 다시 어린애로 돌아가는 것 같았다. 아무튼 엄마는 그 바람에 확실히 부드럽고 온순해졌지만, 우리 모두는 터프하고 호전적인 엄마가 더 좋았다. 엄마는 식사배달서비스에 문을 열어주러 현관까지 나가기도 힘들었다. 그럼에도 엄마는 그들에게 현관열쇠를 절대 내주지 않았다.

애석하게도 응급구조버튼이 사용되었다. 엄마가 또 넘어진 것이다. 우리는 그 사실을 다음 날에야 알았다. 적십자 응급구조대가 10분 만에 왔고 복도에 반듯이 누운 엄마를 발견했다. 구조대원들이 엄마를 일으켜 침대로 옮겼다. 쓰러진 뒤 허리 통증이 심했음에도 엄마는 절대 병원에 가지 않겠다고 고집을 피웠기 때문에, 결국 응급구조대는 주치의를 꼭 집으로 부르겠다는 약속을 듣고 돌아갔다.

내가 도착하니 엄마는 침대에서 힘겹게 일어나 거실로 나왔다. 아주 오래 걸렸다. 나는 엄마가 일어나 모닝가운을 입도록 도왔다. 아직 아무것도 먹지 않은 엄마를 위해 내가 부엌에서 간단한 아침을 준비할 때, 엄마는 보행보조기에 의지해 엉거주춤 허리를 숙인 자세로 나를 지켜보았다. 내 쪽을 보고 있었지만 내가 아니라 허공을 보는 것 같았다. 그때 엄마가 혼잣말을 했다. "안경을 가져와야겠다." 엄마는 보행보조기와 함께 느릿느릿 몸을 돌려 방으로 출발하려 했다. 내가 엄마 바로 뒤에 바짝 서 있어서 천만다행이었다. 왜냐하면 엄마가 앞으로 가지 않고 갑자기 뒤로 푹 쓰러졌기 때문이다. 한 마디 소리도 없이, 마치 보이지 않는 손이 뒤에서 당긴 것처럼. 나는 엄마를 뒤에서 떠받쳐 다시 일으켜 세웠다. 너무 가벼웠다. 엄마의 체중이 느껴지지 않았다. 마치 헝겊 인형을 받치고 있는 것 같았다. 그리고 가장 마음을 무겁게 한 것은, 엄마가 이 모든 과정을 전혀 인식하지 못했다는 점이다. 엄마는 아무 일 없었던 것처럼 계속 느릿느릿 방으로 이동했다. 나는 엄마를 뒤따라가 침대에 눕혔다. 엄마는 얌전히 누워 커다란 눈을 껌뻑이며 나를 빤히 보았다.

"기운이 하나도 없어." 엄마는 말했고 잠이 들었다.

삼남매의
대책회의

그 후로 나와 동생은 대책마련을 위해 자주 통화했다. 엄마의 늙음이 가져온 좋은 결과를 굳이 찾는다면 아마 우리 형제가 다시 가까워져 자주 만나고 자주 얘기하는 것이리라. 우리는 지난 몇 년간 서로 소원하게 지냈었다. 형제자매는 돌봄이 필요한 노부모를 함께 걱정하면서 우애가 더욱 깊어진다. 고통은 나누면 반이 된다.

우리는 사태를 파악하고 엄마의 주치의와 의논해보기로 했다. 엄마가 주치의에게 가지 않았고 혹은 이제 더는 갈 수 없게 되었다면, 역시 주치의가 엄마 집으로 와야 했다.

그러나 보다 근본적인 문제가 기다리고 있었다. 엄마는 주치의가 없었다!

다음 날 엄마 집에 갔을 때 이 사실을 알았다. 다행히 엄마는 전날보다 많이 좋아진 상태였다. 얘기를 나눠보니, 엄마는 벌써 몇 달째 옛날 주치의를 만나지 않았다. 병원이 너무 멀어서 갈 수가 없었단다. 우리는 주치의에게 전화해 왕진을 부탁했지만 거절당했다. 엄마의 거주지가 그 병원 담당구역이 아니기 때문에 안 된다고 했다.

우리는 황망함에 할 말을 잃었다. "그렇게 오래도록 병원엘 안 갔었어?"

"어차피 맘에 안 들었는데, 차라리 잘 됐어." 엄마가 소파에 누워 대답했다. "뚱뚱한 간호조무사가 얼마나 불친절한지⋯."

"하지만 엄마, 엄마는 의사가 필요해!"

"근처 병원에 죄다 전화해봤는데 이미 주치의 계약이 다 찼고 진료 예약도 한참을 기다려야 하더라고."

"그럼 약은?"

"아직 남아 있어. 대량으로 처방받았거든. 나도 그 정도 머리는 돌아가."

우리는 엄마의 말이 정말인지 확인해봤다. 정말로 (거의) 모든 근처 병원이 더는 새 환자와 주치의 계약을 하지 않았고, 예약도 꽉 차서 엄마가 진료를 받으려면 아주 오래 기다려야 했다.

"흥신소에라도 의뢰해야 하나?" 집으로 돌아가는 차 안에서 동생이 건조하게 말했다.

"방법이 하나 있긴 한데." 내가 대답했다. "칸트 어때?"

"형을 죽이려 들 거야." 동생이 말했다. "엄마가 얼마나 만만찮은 환자인지 잘 알면서."

"칸트라면 잘 할 거야." 내가 말했다. "옛정을 생각해서라도."

칸트는 언젠가부터 함부르크 외곽에서 개인병원을 운영하는 나의 옛 친구다. 칸트는 본명이 아니라 별명이다. 학창시절 철학에 관심이 워낙 많았던 친구라 그런 별명이 붙었다. 칸트의 병원은 엄마 집에서 아주 가깝지는 않았지만 왕진을 못 올만큼 아주 멀지도 않았다.

나는 병원에 전화해서는 바보 같이 '칸트 박사님'을 바꿔달라고 말했지만 어쨌든 전화연결에 성공했다. 전화를 받은 간호조무사가 다행히 그의 별명을 알고 있었다.

"너네 엄마? 당연히 기억하지." 칸트가 말했다. "말을 아주 재밌게 하셨었지."

"엄마가 몸이 많이 안 좋아. 그런데 이사 뒤로 주치의 계약을 새로 안 해서 진찰받기가 힘드네. 내가 보기엔 병원에 입원해야 할 것 같긴 한데, 네가 와서 좀 봐주면 안 될까?"

"그러지 뭐." 칸트가 흔쾌히 대답했다. "잠깐만… 목요일 아침 9시에 갈 수 있어. 집에 꼭 계시라고 전해줘."

칸트. 고마운 친구. 시원시원한 사나이. 옛날부터 늘 그랬다.

병 원 에 간
엄 마

목요일이 되었다. 엄마는 기분이 안 좋았다. 칸트가 와서 피를 뽑을지 모르니 공복으로 기다리는 게 좋겠다고 내가 말했기 때문이다.

그때 초인종이 울렸다. 칸트가 왔다. 나중에 엄마가 살짝 지적한 것처럼, '조산사 가방'을 든 민간인 차림으로. 칸트는 늘 그렇듯 친절했다. "어디가 불편하세요?" 그가 들어오면서 물었다. "자꾸 앞으로 고꾸라져. 그런데 허리가 너무 아파" 엄마가 어느 정도 사실에 입각해서 대답했다. 예상대로 칸트가 엄마의 피를 뽑았고 여기를 두드리고 저기를 만져본 뒤 나를 거실로 불렀다.

"안 좋아." 그가 말했다. "모든 가능성을 열어둬야 해. 모레쯤 혈액분석이 나올 거야. 그때 네가 병원으로 와서 자세한 얘기를 나누는 게 좋겠어."

칸트는 내가 플라톤의 이데아론을 아직도 제대로 모르는 것 같으니 한 수 가르쳐주겠다고 말하고 돌아갔다.

"박사님 티를 너무 내네." 다시 녹초가 되어 침대에 누운 엄마가 툴툴댔다.

"에이, 말도 안 돼. 언제? 내가 내내 같이 있었는데, 전혀 안 그렇던데." 내가 주장했다.

"나한테 극존칭을 썼잖아. 못 들었어?" 엄마가 대답했다. "옛날에는 격의 없이 지냈고 나는 반말을 했었어." 슐렌츠 여사의 괴상한 논리가 또 나왔다!

"거의 40년 전이잖아." 내가 반박했다. "그때 칸트는 열여섯 살이었어. 그때 보고 오늘 처음 만나는 거잖아."

"그래도 그렇지." 엄마가 말했다. 그리고 잠이 들었다.

이틀 뒤에 나는 검사결과를 들으러 칸트에게 갔다.

"일단 아주 심각한 이상증상은 없어." 그가 말했다. "염증수치가 좀 걸리는데, 그것만 가지고 무슨 병이다 단언하긴 어려워.

모든 가능성을 열어둬야 해."

의사가 '모든 가능성을 열어둬야 한다'고 말하면, 언제나 모든 경종이 내 안에서 시끄럽게 울린다. 이제와 고백하지만, 사실 나는 굉장히 비관적인 사람이다. 조금만 이상해 보이더라도 나는 즉시 최악의 상황을 상상한다. 의사의 말을 일일이 저울에 재고, 순식간에 모든 모순과 숨겨진 위험을 조사한다. 의사가 비록 모든 것이 괜찮다고 말하더라도, 나는 집에 가서 의사의 말을 의심한다. "말할 때 의사 눈빛이 좀 이상했던 것 같은데…." 나는 걱정이 돼서 사우나에도 가급적이면 안 가는데, 90도 이상 사우나에서 뇌 단백질이 몽글몽글 뭉친다는 얘기를 친구한테 들었기 때문이다. 아마도 친구는 그저 나를 놀린 것이겠지만 걱정은 이미 내 머릿속에 달라붙어 단단히 굳었다. 그래서 어쩌다 사우나에 가면 나는 항상 원인모를 두통을 앓았다.

그러므로 나는 '모든 가능성을 열어둬야 한다'는 말을 들었을 때, 긴장해서 침을 삼켰다. 나의 과민한 비관주의를 잘 알았던 칸트가 잊지 않고 덧붙였다. "아주 심각한 이상증상은 없다고 말했잖아. 허리도 큰 문제없었어. 그냥 타박상 때문에 아프다고 하시는 걸 거야. 하지만 너무 자주 쓰러지시니까 병원에 가서서 정밀검사를 받아보시는 게 좋겠어. 소견서랑 필요한 기록들 챙겨줄게."

"엄마한테 너 같은 주치의가 생겨서 얼마나 기쁜지 몰라. 오, 그대! 존경하는 칸트! 정언명령의 창시자시여!"

칸트가 장난스럽게 웃으며 말했다. "자, 그럼 이제 심정윤리와 책임윤리에 대해 얘기해볼까?" 나는 도망치듯 병원을 나왔다.

이틀 뒤에 엄마는 환자이송서비스를 받아 병원으로 갔다. 엄마는 2인실에 입원했다. 친절하지만 성격이 약간 급해 보이는 담당의가 설명했다. 이제 환자를 철저하게 검사할 것이고 시간이 좀 걸릴 거라고. 우리 자식들에게는 좋은 일이었다. 엄마가 병원에 있는 동안은 쓰러질 일도 없고 응급구조버튼을 누를 필요도 없을 테니까. "천천히 하셔도 됩니다. 박사님." 나는 의사들의 힘든 일과를 이해하는 마음씨 넓은 사람인양 친절하게 대답했다.

엄마는 운명을 받아들였다. 엄마는 이제 마침내 뭔가 일이 벌어졌고 도움을 받을 수 있게 된 것에 안도하는 듯했다. 허리통증 때문에 일단 진통제가 처방되었다. 그러나 진통제 때문에 몸이 더 노곤해졌다. 되풀이되는 혈액검출과 검진이 추가로 엄마를 힘들게 했다. 엄마가 가장 애용하는 불평이 나왔다. "똥이 안 나와!" 하지만 이제 평상시의 쾌활함은 없었다. 엄마는 점점 약해졌고 정신도 혼미해졌다. 심지어 때때로 환상에 빠졌고, 자신이 어디 있는지 모르거나 기운 없이 멍하니 천장만 보았다. 나는 위대한 작가 헨리 난넨의 말이 떠올랐다. 그는 언젠가 강렬한 한 마디를 남겼다. "늙는 건 엿 같다!"

의사와 면담했다. 의사 말로는, 아직까지 이렇다 할 질병은 발견된 것이 없고, 타박상을 제외하면 허리에도 큰 문제가 없다고 했다. 다만 탈수 증상이 있으니 원기부터 회복하는 게 우선이라고 했다. 엄마는 분명 혼자 지내면서 물을 너무 적게 마셨고 끼니를 제대로 챙겨 먹지 않았을 터이다. 탈수를 대수롭지 않게 여기는 사람들이 많은데, 절대 그렇지 않다. 탈수는 착란, 쇠약, 기절 등 온갖 극적인 결과를 가져올 수 있다. 그리고 의사는 우리가 집에서 챙겨다 준 엄마의 수많은 약들을 꼼꼼히 살펴봤는데, 개중에는 진정제나 진통제 같은 강한 약들도 섞여 있었다고 했다. 그리고 엄마가 혹시 그 약들을 그냥 몽땅 섞어서 매일 먹은 게 아닌지 물었다. 나는 대답할 수가 없었다. 그러나 나는 우리 엄마를 잘 안다. 엄마의 한결같은 모토가 바로 '다다익선'이다. 엄마는 몸이 안 좋다 싶으면 약상자에 든 약을 모조리 입에 털어 넣었다.

마침내 엄마의 쇠약과 기절 그리고 급격한 악화의 원인이 밝혀졌다. 뜻하지 않은 약물남용과 탈수가 문제였다. 엄마가 섞어 먹은 약 종류는 나날이 늘어났을 터이다. 엄마는 거의 매일 진정제, 진통제, 베타차단제, 수면제, 변비약, 당뇨약이 혼합된 독극물에 가까운 칵테일을 마셨던 것이다.

나중에 안 사실인데, 엄마는 약을 아무 봉지에나 담아 여기저기 곳곳에 보관했었다. 일단 모두 압수되었다. 이 모든 일에도 불구하고 아무튼 우리는 마음이 약간 편안해졌다. 적어도 이제 우리는 엄마에게 무슨 일이 있었는지 알았고 의사의 도움을 받아 적합한 조치를 취할 수 있었다. 그러나 이런 안도감은 오래 가지 못했다.

며칠 뒤에 진짜 큰일이 닥쳤기 때문이다.

가슴에
손대는 게 싫었어…

- 엄마는 우리에게 암을 숨겼다

어느 날 충격적인 사실이 밝혀졌다. 엄마는 필요한 물건을 불러주었고 그때 결정적인 한 마디가 나왔다. "그리고 반창고도 꼭 챙겨와."

나는 어리둥절했다. 병원에 있는데 반창고가 왜 필요할까?

"어디에 쓰려고?"

"가슴에."

"가슴이 왜?"

"피가 나."

"피? 피가 왜 나?"

"상처가 났으니까."

"언제부터 그랬는데?"

"몇 달 됐어."

나는 할 말을 잃었다. 엄마 오른쪽 가슴에 상처가 났는데, 몇 달이 되도록 아물지 않고 피가 났다. 게다가 그 상처는 다쳐서 생긴 게 아니었다. 언젠가부터 그냥 피가 나기 시작했고 엄마는 점점 커지는 상처를 여태 혼자 처치해왔다는 것이다. 압박과 반창고로. 그리고 그 사실을 지금까지 비밀로 해왔다. 병원에 와서까지.

"도대체 왜 아무 얘기도 안 했어? 병원엔 왜 안 갔고."

"부끄러워서." 엄마가 대답했다. "가슴에 손대는 게 싫었어."

가슴에 난 상처가 무엇을 뜻하는지 나는 곧 알았다. 병원에서는 아직 이 사실을 알지 못했지만, 내가 간호사들에게 알리자마자 일제히 분주해졌다. 다음 날 아침에 바로 검사가 시작되었고 금세 진단이 나왔다. 엄마는 몇 달째 분비성 유방암을 앓고 있었다.

통곡할 일이었다. 엄마는 늙었고 정신도 오락가락하고 몸은 점점 쇠약해지고 허리도 아픈데 이제 유방암까지 더해졌다. 게

다가 암은 벌써 꽤 많이 진행된 상태였다.

저녁에 통화 대책회의에 들어간 삼남매는 회의 내내 당혹감을 감추지 못했다. "가슴에 손대는 게 싫었어." 이 말은 엄마의 완고함과 두려움과 괴팍함을 동시에 보여주는 특유의 대답이었다.

사흘 뒤에 나와 동생은 병실에서 부인과전문의를 만났다. 유능하고 친절해 보이는 40대 중반의 의사가 우리에게 설명했다. 엄마는 병을 숨김으로써 안 그래도 복잡한 문제를 더욱 복잡하게 만들었다. 암은 벌써 피부로 전이되었다. 유방의 광범위한 절제가 불가피했다. 그러나 수술을 하면 피부와 조직이 아주 넓게 제거되기 때문에 그것을 봉합하기 위해서는 등에서 피부를 이식해야 했다. 하지만 엄마는 나이도 있고 건강상태도 안 좋아 그런 대수술을 하기는 힘들었다.

"그럼 이제 어떡해요?" 동생이 물었다.

"그렇다고 지금 아무것도 안하면, 암이 계속 퍼져서 안 좋습니다. 환자에게도, 간병하는 사람에게도. 그대로 두면 언젠가 죽음으로 끝나겠죠." 의사가 대답했다.

"그럼 이제 뭘 해야 할까요?" 내가 물었다.

"둘 중 하나입니다. 수술을 단행하든지 외래로 화학요법 항암치료를 하든지. 다행히 환자분의 경우 효능이 아주 좋은 새 항암제가 있습니다. 두세 달 안에 피부이식 없이 수술할 수 있을 정도로 상처를 줄일 수 있을 겁니다. 그건 유능한 암전문의에게 맡겨야겠죠. 모든 게 잘 진행되면 종양을 완전히 없앨 수 있어요."

엄마는 침대에 누워 눈을 동그랗게 뜨고 귀담아 들었다. 엄마는 문제가 마침내 드러난 것에 안도하는 듯 보였다. 그러나 확실히 버거운 현실이었다.

이 제
어 쩌 지 ?

- 길을 잃다

우리는 일단 이 모든 걸 찬찬히 고민해보기로 했다. 부인과전문의는 암환자를 위한 팸플릿 몇 개를 우리에게 주고 병실을 나갔다. 팸플릿은 우리에게 필요한 모든 것을 단계별로 잘 안내하고 암전문의 진료예약을 돕겠다고 약속했다.

"젠장, 뭐 이런 엿 같은 일이." 밖으로 나와 병원 앞에 섰을 때 동생이 화를 냈다. 바로 직전에 엄마는 화내지 말라며 울먹였었다. "나도 모르겠어. 도대체 왜 그걸 숨겼는지."

당연히 우리는 엄마에게 화나지 않았다고 말했다. 그리고 이제와 화를 낸들 무슨 소용이란 말인가. 그러나 사실 우리는 연민과 무력감 그리고 바로 그 화가 뒤섞인 미묘한 감정을 느꼈다. 우리는 이미 늙은 엄마 때문에 충분히 힘들고 버거운데 여기에 이런 쇠망치가 뒤통수를 때렸으니….

엄마가 제때에 검진을 받았거나 최소한 상처에 대해 말이라도 해줬더라면 얼마나 좋았으랴! 그랬더라면 의사 말대로 바로 유방을 절제하고 방사선치료로 들어갈 수 있었을 터이다. 사실 오늘날 거의 수술이라 불리기도 어려울 만큼 간단한 일반적인 수술로 모든 치료를 끝낼 수 있었으리라. 몇 달 전에라도 알았더라면….

엄마는 병을 숨겨 모든 걸 아주 복잡하게 만들어버렸다. 그러나 결국 암에 걸린 사람은 엄마였다(우리는 이 말로 서로를 다독였다). 항암치료를 견디고 수술을 받을 사람은 바로 엄마였다. 힘든 사람은 우리가 아니라 엄마였다. 그러므로 우리는 화를 삼키고 행동에 들어갔다.

무엇이 올바른 결정일까? 즉각적인 수술 아니면 화학요법?

처형의 남편이 의사여서 우리의 결정에 도움을 주었다. 그는 엄마를 방문하고 병원 의사들과 의논한 뒤, 하루라도 빨리 항암치료를 시작하라고 조언했다. "다른 선택의 여지가 없는 것 같아." 그가 말했다. "손 놓고 있는 건 우리 모두에게 지옥일 테고, 지금 수술을 하면 어머니가 못 버티실 거고. 화학요법밖에 없어."

다행히 엄마도 같은 생각이었다. 엄마는 용감하게 잘 이겨내기로 약속했다. 부인과전문의는 흡족해하며 엄마가 이제 포트카테터를 찰 거라 설명했다. 포트카테터는 상체에 부착하는 일종의 호스로, 그것을 통해 항암제가 정기적으로 투여될 것이다. 우리는 암전문의를 결정하고 암센터에 진료예약을 잡았다.

엄마는 며칠 더 병원에 머물며 원기를 회복한 뒤 예상보다 빨리 퇴원했다. 당연히 포트카테터를 부착하기 전에! 그것은 외래병동 담당이란다. 보험공제와 관련된 기술적 문제로 입원 상태에서 부착하는 게 불가능하다는 것이다. 외래로 포트 담당의를 만나 처방을 받고 그 다음 다시 외래병동에 와서 부착해야 했다. 이 얼마나 어처구니없는 일인가! 결국 엄마는 그것을 위해 두 번이나 병원에 가야만 했다. 한 번은 면담과 설명을 들으러 그리고 포트를 정말로 부착하러 또 한 번. 엄마는 이 모든 이동과 끝없는 기다림에 돈과 에너지를 써야 했다. 당연히 우리 자식들도. 우리가 매번 엄마를 모시고 병원에 다녀야 했고 그러기 위해 자주 휴가를 내야 했기 때문이다. 이 얘기는 나중에 다시 하기로 하자.

우선 퇴원한 엄마를 위해 몇 가지가 마련되어야 했다. 병원은 이제 엄마에게 책임이 없었다. 얼마 전에 새로 지정된 엄마의 새 주치의 칸트가 나설 차례였다. 방문 간호사가 정기적으로 엄마의 상처를 살폈고 약을 제대로 복용하는지 관리했다. 식사배달 서비스도 지속되었다. 엄마는 기운이 없었고 몸도 제대로 가누지 못했다. 음식이 어떠냐 물으니 엄마가 퉁명스럽게 대답했다. "개밥만도 못해!"

이 제 엄 마 는

홀 로 자 기 길 을 가 야 했 다

2 부

암 환 자 엄 마 와
비 관 주 의 자 아 들

암센터 예약 날짜가 다가왔다. 가족 의료담당자로 내가 엄마와 동행하기로 했다. 솔직히 대단히 힘든 결심이었다. 고소공포증이 심한 사람이 번지점프를 결심하는 것과 맞먹을 만큼.

그날이 왔고 나는 정확한 시간에 엄마 집에 도착했다. 여유를 갖고 엄마를 기다려주리라 마음을 다잡았다. 엄마는 예상대로 아직 준비 전이었다. "염병할 전화기가 또 말썽이야. 그것 때문에 죄다 엉망진창이 됐어." 엄마의 무의미한 변명을 무시하고 나는 물었다. "엄마, 재킷 어딨어? 이제 정말 출발해야 해."

"재킷 같은 거 없어." 엄마의 대답이었다.

"무슨 소리야, 엄마. 옷장에 잔뜩 걸렸는데."

나는 옷장 구실을 하는 작은 벽장에서 아무거나 하나를 꺼내왔다.

"그건 안 돼." 엄마가 퇴짜를 놓았다. "너무 후줄근하잖아."

나는 심호흡을 했고 다른 재킷을 꺼내왔다. 이번에는 순순히 받아 입었다. 엄마는 보행보조기를 밀며 느릿느릿 내 차로 이동했다. 차에 도착하자 엄마는 힘들게 허리를 폈다. "염병할 허리." 엄마가 투덜댔다.

엄마는 나의 도움을 받아 아주 힘겹게 차에 탔고 나는 보행보조기를 접어 트렁크에 싣고 마침내 출발했다. 2킬로미터쯤 달렸을 때, 병원에서 암센터로 보내는 각종 기록과 소견서를 신중하고 계획적인 내가 엄마 집에 깜빡하고 두고 왔다는 것이 생각났다. '젠장, 환장하겠네!' 나는 차를 돌려 엄마 집으로 돌아갔다. 시간이 촉박했다. 이번에는 엄마 잘못이 아니었다. 엄마는 차에서 잠이 들었다.

30분 뒤 나는 목적지에 도착했다. 당연히 주차장에는 자리가 없었다. 머피의 법칙! 그러나 나는 병원 근처에 반드시 주차를 해야 했다. 보행보조기를 미는 엄마의 현재 상태로 볼 때, 그게 아니면 절대 제시간에 갈 수 없었다. 그래서 나는 주차장 입구에서 비상깜빡이를 켜고 엄마를 차에서 내리게 했다. 재빨리 엄마를 암센터에 모셔다놓고 그 다음 주차할 곳을 찾아볼 생각이었다. 그러나 '빨리'와 '트라우테 슐렌츠'는 결코 공존할 수 없었다. 우리는 달팽이보다도 느리게 걸었다. 손목시계 바늘이 예약시간을 향해 잔인하게 이동했다. 제시간에 도착하긴 틀린 것 같았고, 그것은 결코 좋은 시작이 아니었다. 그러나 어쩌겠는가. 기본적으로 성격이 급한 나는 정말로 죽을힘을 다해 참았다.

마침내 우리는 암센터에 들어섰다. 나는 엄마를 의자에 앉히고 접수를 했다. 접수대 아가씨가 나무라는 눈빛으로 나를 빤히 보다가, 약간 불쌍하게 앉아 있는 엄마를 보더니 금세 친절한 얼굴로 바뀌었다. 나는 의료보험카드, 소견서, MRI사진을 제출하고 몇몇 서류양식을 작성했다. 나는 머리카락이 없는 불쌍한 사람들이 링거걸이를 밀며 내 옆으로 지나가는 것을 곁눈질로 봤다. 나는 암환자들에 둘러싸여 있었다. 내가 가장 두려워하는 질병. '종양' 혹은 '전이' 같은 단어들이 계속 떠올랐다. 지옥까진 아니더라도 연옥쯤은 되었다.

나는 재빨리 밖으로 달렸다. 놀라서 도망치는 게 아니라 이제

차를 제대로 주차해야 했으니까. 나는 주차를 마치고 다시 암센터로 허겁지겁 돌아와 엄마와 대기실로 이동했다. 마침 자리가 두 개 있었다. 모두들 조용히 앉아 있었는데, 많이 아파보이는 사람들도 더러 있었다. 다들 입을 꾹 다물고 있었다. 디지털시계가 탈각- 탈각- 소리를 냈다. 커다란 선반에 눈이 닿았다. 거기에는 제목이 크게 적힌 파란색 팸플릿이 몇 개 있었다. '유방암 안내' '대장암 안내' '방광암 안내' 등등. 공포 도서전이 따로 없다! 제목들이 맹수처럼 내게 달려들었다. 나는 반사적으로 눈을 딴 데로 돌렸다. 그러나 그곳에는 불쌍한 환자들이 있었다. 결국 나는 바닥만 노려보았다.

그때 엄마가 말했다.

"나는⋯." 엄마가 말을 하다 멈췄다.

"응, 엄마, 뭐?" 내가 친절하게 물었다.

"나는⋯."

"응, 뭐?"

"자꾸 응응 거리지 좀 마."

나는 아무 말도 하지 않았다.

"나는⋯."

나는 입을 다물고 엄마를 빤히 보았다.

"그런 눈으로 보지 마. 넌 항상 그렇게 보더라." 엄마가 말했다.

사람들이 우리 쪽을 보았다. 엄마가 무슨 말을 하려는지 모두가 아는 눈치였다. "…무서워!" 이 말이 나오지 않기를 모두가 바라는 것 같았다. 이 말 한 마디로, 별 거 아닌 듯 보이는 대기실의 침묵과 감춰진 감정 사이의 얇은 벽이 무너질 수 있었기 때문이다. 당연히 엄마는 두려울 것이다. 여기 앉은 모두가 두려울 것이다. 이제 곧 닥칠 일에 대한 두려움. 항암치료에 대한 두려움. 질병에 대한 두려움. 고통에 대한 두려움. 죽을지도 모른다는 두려움.

엄마가 불쌍해 보였다.

"나는…." 엄마가 말했다.

"응, 엄마. 거기까지는 아까부터 들었어. 그래서 뭐?"

나는 이렇게 말함으로써 상황을 좀 누그러뜨리려 했지만, 이 말을 하는 동안에 벌써 내가 잘못 짚었음을 알게 되었다.

"나는… 어제 감자경단을 먹었어."

대기실 전체가 안도했다. 심지어 두 사람이 싱긋 웃었다.

"그래서, 엄마." 나는 안도하며 물었다. "맛있었어?"

"내가 만든 게 훨씬 더 맛있는데." 엄마가 말하고 나를 보며 웃었다.

그리고 우리는 호명을 받아 진료실로 갔다.

50대 중반 암전문의 메르츠 박사가 친절하게 우리를 맞이했다. 우리는 의자에 앉아 기대에 찬 눈으로 그를 빤히 보았다.

"잠시만요. 우선 이걸 좀 봐야 하니까요." 메르츠 박사가 모니터 여기저기를 클릭하며 읽기 시작했다.

그는 확실히 아무것도 미리 살펴보지 않았고, 엄마에게 무슨 일이 있는지 이제야 비로소 이해했다.

"수술을 벌써 받았나요?" 메르츠 박사가 1분 뒤에 물었다.

나는 머릿속으로 '침착하자'를 반복하며 나를 다독였다. 그리고 대답했다. "아닙니다. 수술 받을 준비를 위해 여기에 온 겁니다. 거기 다 적혀 있을 텐데요."

"아, 그렇군요. 여기 적혀 있네요."

이 말이 박차가 된 듯, 그 뒤로의 대화는 아주 원활하게 진행되었다. 메르츠 박사가 설명하기를 엄마의 암 종류는 화학요법으로 치료가 아주 잘 되는 거라고 했다. 최선의 선택이고 가능성도 가장 높기 때문에 곧 상처가 작아져서 두세 달 뒤에는 수술을 할 수 있을 거라고 했다. 항암제를 조금만 쓸 것이기 때문에 부작용도 별로 없었다. 엄마는 2~3주에 한 번씩 병원에 와서 치료를 받아야 하고 그 중간에 한 번씩 혈액검사를 받아야 했다. 그리고 화학요법은 조직이식이 필요한 즉각적인 수술보다 훨씬 현명한 선택이자 유일한 선택이라고 덧붙였다. 즉각적인 수술을 선택했더라면 엄마는 이른바 산송장으로 살게 되었을 거라고도 했다.

엄마는 이런 거친 말에도 꿋꿋하게 고개를 끄덕였다.

"환자이송서비스 필요하시죠?" 메르츠 박사가 말하고 다시 한 번 강조했다. "잘 될 겁니다!"

엄마와 나는 마비된 사람처럼 조용히 진료실을 나왔다. 엄마는 피를 뽑았고, 나는 접수대의 단호한 아가씨로부터 처방전을 받았다. "오늘 안에 약국에서 받아 가셔야 합니다. 화학요법을 준비하는 데 필요한 약과 병원에서 처방한 약입니다. 그리고 여기 이건 첫 번째 예약날짜입니다."

아가씨가 내게 종이를 밀었다.

"네. 환자이송은 여기서 해주시는 거죠?"

"아니오." 예기치 못한 대답이 나왔다. "택시를 부르세요. 택시비는 나중에 의료보험조합에서 돌려받을 수 있을 겁니다."

"하지만 의사선생님께서 말씀하시기를….."

나는 말을 하다 끊었다. 그냥, 다툴 힘이 없었다. 나중에 전화로 따지기로 하고 일단 나는 엄마와 함께 마비된 사람처럼 조용히 암센터를 나왔다.

엄마가 자동차에서 조는 동안 나는 약국에 가서 하얀 가운을 입은 남자가 여기저기 서랍을 여닫는 모습을 멍하니 보다가 마침내 그가 건넨 커다란 약봉지 여덟 개를 받아들었다. "일단은 이거면 됩니다." 약사가 말했다. "35유로 40센트입니다."

언제 어떻게 복용해야 하는지 아무도 설명해주지 않았다. 그날 저녁 동생과 나는 모든 설명서를 읽고 엄마의 약복용계획표를 작성했다. 아버지가 투병 끝에 돌아가셨기 때문에 그때의 경험으로 나는 어느 정도 약에 익숙했다. 나는 속으로 물었다. '혼자 사는 사람들은 이런 상황에서 어떻게 해야 할까?' '설명서를 읽어주고 환자이송서비스를 신청하거나 병원에 동행해줄 사람이 아무도 없는 사람은?'

아 버 지 의
죽 음

앞서 말했듯이 부모님은 나의 '강한 조언'을 무시하고 엘리베이터가 없는 집 4층으로 이사를 갔다. 이때 두 분이 몰랐던 사실이 하나 있었는데, 구소련에서 독일로 이주해온 사람들이 그 구역에 밀집해 산다는 것이었다. 물론 그렇다고 그곳으로 이사하면 안 될 까닭은 없지만 나는 부모님을 잘 알았다. 두 분은 무엇보다 낯선 것을 두려워한다. 그리고 실제로 이웃에 주로 어떤 사람들이 사는지 알았을 때 아버지는 정치적으로 대단히 올바르지 않은 표현으로 불평했다. "주변이 온통 카슈브놈과 난쟁이똥자루들이야. 당연히 나는 즉시 잘못을 지적했다. '카슈브'는 너무 비하하는 말이니 쓰지 않는 게 좋고 '난쟁이똥자루'라고 불리는 부족은 존재하지도 않는다고. 그러나 정치적으로 옳지 못한 비하 발언 지적과 폴란드 소수 민족에 대해 예의를 지켜달라는 부탁은 이번 한 번으로 끝났다. '카슈브놈과 난쟁이똥자루 부족'은 문을 잡아주거나 캐리어를 올려주는 친절을 베풀자마자 재빨리 '친절한 디미트리'와 '명랑한 야쿱'이 되었다. 아버지는 그들이 사실은 러시아에 살았던 독일인이라는 걸 전혀 몰랐다며 자신의 비하 발언을 변명했다. 알고 보니 아주 멀쩡한 사람들이었다면서.

부모님은 그렇게 그 구역에 안착했고 실제로 아주 잘 지냈다. 엄마는 사람 사귀는 걸 언제나 좋아했다. 쇼핑 중에 우연히 서점 주인을 사귀게 되었는데, 둘은 아주 잘 통했고 급격히 친해졌다. 그리고 서점에서 일자리도 얻었다. 두 분은 서점 지하에서 책을 분류하고 목록을 작성하는 등 이런저런 일들을 했다.

그렇게 부모님은 빠듯했던 연금 생활을 개선했고 더불어 아직 쓸모 있는 사람이라는 기분을 느꼈다. 부모님 집에는 견본 서적들과 홍보용 선물들이 늘 차고 넘쳤다. 예를 들어 판타지소설을 홍보하는 플라스틱 중세시대 도끼. 나의 두 아들은 이런 멋진 물건들에 늘 매료되었다.

부모님은 집에 있는 걸 좋아했다. 한때 두 분은 자전거를 타고 함부르크 주변지역을 여행했었다. 그러나 아버지가 장난스럽게 표현했듯이, "엄마가 실수로 함부르크 꽈당연합회 초대회장이 되는 바람에" 자전거여행은 끝났다. 다시 말해 엄마가 자전거를 타다 넘어졌고, 다행히 심하게 다치지는 않았지만 그때 두 분은 노년에 자전거를 타는 게 위험할 수 있다고 결론지었다. 나는 그런 결론을 안타깝게 여겼지만 부모님을 설득하는 데 실패했다.

두 분은 그 후로 간접 경험에 만족했다. 모든 것을 텔레비전으로 경험했다. 그중에서 가장 으뜸은 역시 소파에 편안히 앉아먼 세계를 여행하는 것이었다.

누나가 자르브뤼케에서 결혼식을 했고, 당연히 온가족이 그곳까지 갔다. 아내가 이 기회를 이용해 부모님을 모시고 사흘 정도 파리여행을 하자고 제안했다. 부모님은 동굴에서 나와 국경을 넘어 파리에 도착했다! 만세! 엄마의 첫 해외여행이었다.

여행은 즐거웠다. 날씨도 좋았고 파리는 가장 멋진 모습을 보여주었다. 우리는 대표적인 관광명소들을 방문했다. 모든 것이 잘 진행되었지만 여행 내내 부모님은 살짝 긴장해 있었다. 특히 아버지가. 겁낼 일이 아무것도 없었음에도 두 분은 그냥 낯선 곳이 두려웠던 것이다.

파리는 두 분이 늘 꿈꾸던 도시였다. 그러나 막상 와보니 북적대는 인파가 겁나고 지하철이 불안하고 한 마디도 못 알아듣는 외국어가 혼란스러웠으리라. 두 분은 늘 우리 옆에서 한 발짝도 떨어지지 않았다. 아내와 나는 그것이 약간 힘들었다. 그래서 사흘째 아침에 두 시간 정도 자유 시간을 갖기로 했다. 부모님은 내키지 않았지만 어쩔 수 없이 동의했다. 아내와 내가 두 시간 뒤에 호텔로 돌아왔을 때, 두 분은 호텔에서 약 100미터 떨어진 카페에 있었다. 거기서 더 멀리 나갈 용기는 없었단다.

놀랍게도 두 분은 집에 돌아와서 즐겁게 파리여행을 복기했다. 파리지도를 사서 우리가 걸었던 길과 방문했던 장소를 찾아 표시했다. 사진을 앨범에 정리해 넣고 파리 여행안내책자를 샀다. 두 분은 안전한 집에서 비로소 파리여행을 제대로 즐기는 것 같았다. 두 분에게는 집이 최고였다. 집에서 요리하고 책 읽고 매일 저녁 텔레비전 보기. 두 분에게는 더할 나위 없이 흡족한 생활이었다.

그러나 이런 행복은 아버지의 발병으로 한 방에 무너졌다. 췌

장암!

아버지의 병이 명확히 밝혀지기까지 아주 긴 시간이 걸렸다. 그러는 동안 아버지는 점점 더 작아졌다. 급격히 살이 빠졌고 점점 더 약해졌다. 마침내 췌장암 진단이 나왔을 때 아버지는 아주 침착했다. 그러나 아버지는 감정을 숨기고 약점을 절대 드러내지 않는 사람이었다. 아무도 아버지의 진짜 속마음을 알 수 없었다.

나는 당시에도 가족 의료담당자였다. 엄마가 맡기에는 무리였고 누나와 동생은 회피하려 했기 때문에 내가 맡을 수밖에 없었다. 나는 첫 진료를 받으러 아버지를 모시고 암센터에 갔다. 아버지를 그런 곳에 홀로 보낼 수는 없었다. 친구들이 추천해준 프란츠 박사의 첫인상은 아주 좋았다. 좋은 의사를 제대로 잘 찾아온 기분이었다. 아버지 역시 그의 보석커프스를 칭찬하며 높이 평가했다. 의사와 아버지는 마치 모든 것이 괜찮을 것처럼 대화하고 행동했다. 그것은 정확히 지금 아버지에게 가장 필요한 것이었다.

두 사람은 기계 수리를 계획하는 기술자처럼 암에 대해 얘기했다. 마지막 순간까지 계속 그런 식이었다. 그것이 아버지에게 좋았는지 나빴는지 나는 모른다. 그러나 아버지는 자신이 불치병에 걸렸고 몇 달 뒤에 죽을 확률이 매우 높다는 걸 명확히 인식하지 못했던 것 같다. 부모님은 컴퓨터가 없었다. 그러니까 인터넷에서 아무것도 검색할 수 없었다. 또한 두 분은 의료서적을 절대 사지 않았다. 두 분은 오로지 의사 말만 믿고 따랐다. 프란츠 박사는 그것을 잘 알았고, 그는 전략적으로 명확한 병명을 거론하지 않고 늘 적당히 얼버무렸다. 그는 아버지에게 결코 이렇게 말하지 않았다. "슐렌츠 씨는 곧 죽을 겁니다." 그리고 나 역시 아버지에게 그것을 명확히 말할 자신이 없었다.

프란츠 박사는 효과가 아주 좋은 경우들을 많이 봤다면서 '가벼운 화학요법'을 아버지에게 권했다. 몇 시간 전까지만 해도 '화학 어쩌고'에 대해 전혀 몰랐음에도 아버지는 의사의 권유에 바로 동의했다. 의사의 말은 언제나 논리적이고 당연하게 들렸다. 어차피 뭐라도 해봐야 하는 거 아니겠냐고, 아버지가 말했다. 내가 보기에도 당시로서는 화학요법이 올바른 선택이었다. 화학요법은 그저 '가벼운' 시도 그 이상이었다. '무거운' 부작용이 분명히 있었다.

아버지는 위장병을 앓았고 지속되는 채혈과 주사를 증오했다. 아버지는 용감했지만 항상 주저하다 억지로 프란츠 박사 진료실로 갔고 치료 후 이틀 동안은 몹시 고통스러워 했다. 그런 다음 잠시 쉬었다가 모든 과정을 처음부터 다시 시작해야 했다.

마침내 아버지의 혈액수치가 개선되었다. 프란츠 박사는 아주 기뻐했다. "정말 대단한 결과입니다!" 그러나 그는 아버지의 죽음이 조금 더 연장되었을 뿐 완치는 어렵다는 얘기를 절대 하지 않았다. 그러나 아버지는 완치를 꿈꿨다. 그래서 두 남자는 거의 만담수준으로 동문서답했다. 돌이켜 생각건대 아버지는 화학요법으로 한두 달 더 살았다. 그러나 사는 것처럼 산 한두 달은 결코 아니었다. 화학요법이 아니라 차라리 통증완화치료가 더 나았을 터이다. 그러나 이렇게 될 줄 누가 알았겠나.

아무튼 아버지는 가망이 없었다. 나는 3년 전 아버지를 호스피스 병원으로 옮길 때를 결코 잊지 못할 것이다. 아버지가 천천히 일어나 외투를 입었고 다시는 돌아오지 못할 집을 다시 한 번 돌아보았다. 그런 다음 옷장을 열어 제일 좋아하는 여름재킷을 다시 한 번 쓰다듬어 보고 곧장 자동차로 갔다. 뒤도 돌아보지 않고. 엄마도 동행했지만 정신을 놓은 사람처럼 멍하기만 했다. 엄마에게도 분명 버거운 일이었다.

아버지는 놀라우리만치 침착했다. 아내를 위해서 더욱 안간힘을 썼으리라. 아버지가 절망감을 드러내며 우는 모습을 나는 딱 한 번 봤다. 호스피스 병원에서 아버지의 장례식을 의논할 때였다. 아버지는 장례식에서 드보르자크의 오페라 〈루살카〉에 나오는 〈달의 노래〉가 연주되기를 소망했다. 아버지! 하늘에서 들으셨죠?

무슨 일이 생길까봐,
우리는 매일 두려워했다

　　엄마는 이제 혼자 집에서 방문간호사의 돌봄을 받고 하루 종일 클래식채널을 듣고 식사배달서비스를 받고 약을 먹으며 첫 번째 화학요법을 기다렸다. 엄마는 점점 더 쇠약해지는 듯했고 우리는 엄마가 과연 항암치료를 버텨낼까 걱정했다. 그러나 달리 방법이 없었다. 엄마는 그냥 견뎌야만 했다. 메르츠 박사의 말이 자꾸 떠올랐다. "수술을 했더라면 산송장으로 살게 되었을 겁니다." 대안이 없었다. 엄마는 점점 더 자주 전화했고, 통증을 불평하거나 "방금 전화했니?" 혹은 "전화기가 또 말썽이지?" 같은 질문을 했다. 사람이 그리웠던 모양이다.

한번은 이웃이 전화해서, 엄마가 복도를 지나며 "먹을 게 없 어!"라고 외치는 소리를 들었다고 했다. 우리는 전화한 사람에 게 명확히 설명했다. 냉장고가 잘 채워졌고 매일 따뜻한 음식이 배달된다고. 우리는 최대한 자주 엄마를 방문했지만 주말에 혹 은 주중에는 저녁때만 가능했다.

어느 날 아침 화장실에서 스마트폰으로 이메일을 확인하는 데, 적십자에서 전화가 왔다. 화가 잔뜩 난 적십자 직원은 엄마에 게서 내 번호를 얻었다고 설명한 다음 단호하게 알렸다. 지금 이 대로는 더 이상 안 된다고.

"뭐가 도대체 이대로는 안 된다는 겁니까?" 나는 화장실에서 소리가 울리지 않게 하려고 속삭이듯 물었다.

"어머니께서 응급구조버튼을 너무 자주 누르세요. 출동할 때 마다 어머니는 바닥이나 어디 구석에 쓰러져계셨고요. 어머니는 집이 아니라 병원에 계셔야 할 분이예요."

"뭐라고요? 정말입니까? 어머니가 응급구조버튼을 눌렀다 고요?"

"네. 그것도 아주 여러 번이요."

"그러니까 또 쓰러지셨다고요?"

"여러 번이요!"

"이런 젠장⋯."

나는 이를 악물고 참으며, 변기에 앉은 채 허리를 똑바로 세웠다.

"옳으신 말씀입니다." 내가 말을 이었다. "이대로는 안 되겠군요, 제가⋯."

"화장실에서 뭘 그렇게 속닥거려?" 아내가 밖에서 물었다.

"적십자와 통화 중이야." 내가 외쳤다.

"무슨 일 있어? 어디 안 좋아?" 아내가 걱정스럽게 물었다.

"엄마 때문에!"

"여보세요? 듣고 계세요?" 적십자 여자가 물었다.

"네, 죄송합니다. 어머니 주치의와 얘기해보고 연락드릴게요."

"부탁드립니다. 이대로는 안 돼요."

"알겠어요. 연락드리겠습니다."

나는 칸트에게 전화했다. "저런, 지금 내가 가 볼 수는 있는데, 간다 해도 할 수 있는 게 없어. 요양원에 단기입주 자리가 있나 빨리 알아보는 게 좋겠어. 거기서 얼마간 지내면 항암치료를 받을 만큼 원기를 회복할 수 있을 거야. 요양원 주소 몇 개 알려줄게. 그리고 의료보험조합에도 연락해서 요양원 입주신청서 내고. 그러면 의료보험조합이 요양원 비용을 댈 거야."

그것이 '간병인 속성과정'의 시작이었고 마지막에 나는 이른바 '간병전문가'가 되었다. 노부모를 모시는 모든 가족이 이런 식일 것이다. 노부모는 언젠가 혼자 힘으로 살 수 없을 테고 가족들은 뭘 어떻게 해야 할지 모른 채 간병 준비를 해야만 한다.

다시 무슨 일이 생길까봐, 우리는 매일 두려워했다. 엄마는 계속해서 쓰러졌고 소파나 침대에 멍하니 누워 거의 먹지도 않았다. 엄마 집에서 쿵하는 소리를 들었다고 이웃이 알려와 동생과 내가 황급히 달려갔다. 엄마가 거의 의식을 잃고 바닥에 힘없이 누워 있었다. 엄마는 응급구조버튼을 누르지 않았다. "자꾸 화를 내잖아." 엄마가 신음하며 말했다. 동생과 나는 힘겹게 엄마를 다시 침대에 눕혔다. 이대로는 정말 안 된다!

그 뒤로 나는 여러 시간을 요양원에 전화했고 거절당했다. 단기입주 자리가 없었다. 의료보험조합에서 신청서 양식이 왔고 동생과 내가 신청서를 작성했다. 우리는 정규입주와 한 달 단기입주의 차이를 금세 알았다. 그리고 우리는 한 달 단기입주가 필요했다. 엄마는 항암치료를 받기에 충분할 만큼 원기를 회복해야 했다. 그래서 나는 계속해서 여러 요양원에 전화했다. 우리 삼남매는 각자 할 수 있는 일을 했고 교대로 엄마를 방문했다. 모두에게 힘든 상황이었다. 그러나 어떻게든 해결해야 했다. 그리고 항암치료 예약날짜가 점점 다가왔다. 이틀 뒤면 엄마는 병원에 가서 포트카테터에 대해 설명을 듣고 부착 준비를 해야 했다. 법적인 이유로, 설명을 들은 뒤 하루를 기다렸다가 '부착공사'를 해야 했다.

기 적 이
일 어 났 다

포트카테터 설명을 들으러 가는 것부터 벌써 힘들어 보였다.
엄마는 기운이 하나도 없었다. 보행보조기에 기대 외출하는 건
무리였다. 동생과 나 둘만의 힘으로는 엄마를 자동차에 태울 수
도 없을 것 같았다. 결국 우리는 환자이송서비스를 신청했고 구
급차가 와서 엄마를 태워갔다. 이번에는 삼남매 누구도 시간을
내지 못했다. 나는 엄마의 이송을 준비하고 구급차운전사에게
대문을 열어줄 만큼의 시간만 겨우 낼 수 있었다. 엄마를 보내고
나는 곧장 출근해야 했다. 오늘은 면담만 할 거고 끝나면 다시 집
으로 이송될 것이므로 보호자가 꼭 같이 갈 필요는 없어 보였다.

그러나 그렇지가 않았다!

근무 중에 병원에서 전화가 왔다. 여의사가 친절하게 설명했다. 환자 상태가 현재 너무 나빠서 도저히 혼자 보낼 수 없으니 보호자가 와서 모셔가라는 얘기였다.

"하지만 저는 지금 근무 중인데⋯." 나는 곤혹감을 감추지 않고 말했다. "동생도 마찬가지고. 오늘은 면담만 할 거고 면담이 끝나면 병원에서 구급차로 집까지 이송해주는 걸로 알고 있었습니다만."

의사가 침묵했다.

이제 의사가 화를 내며 욕을 퍼붓겠구나, 나는 생각했다. 당장 와서 모셔가지 않으면 어머니를 그냥 집 앞에 버려두고 가겠어요! 어머니가 어떻게 되든 우린 상관없어요. 우린 요양원이 아니라고요!

그러나 기적이 일어났다!

"이러면 어떨까요?" 여의사가 마침내 말했다. "어머니를 입원시킬게요. 모레 포트를 달아야 하니까 그때까지 저희가 돌보는 게 좋겠어요. 지금 이 상태로 환자를 집으로 보낼 순 없어요."

나는 할 수만 있다면 여의사에게 청혼이라도 하고 싶었다. 나는 내 귀를 의심했다. '입원' '돌봄' 같은 기적의 단어들이 그렇게 사랑스러울 수가 없었다.

"정말 좋은 생각입니다!" 나는 마침내 정신을 차리고 기쁘게 대답했다. "그렇게 해주세요. 정말 고맙습니다."

그렇게 작은 기적이 일어났다. 엄마는 병실을 얻었다.

우리는 하나를 또 배웠다. 보호자가 따라 갔더라면, 병원은 아마 환자 상태가 어떻든 상관없이 그냥 집으로 보냈을 터이다. 그러나 여의사는 보호자가 없는 환자에게 책임감을 느꼈고 책임감 있게 행동했다. 이상하게 들리겠지만, 노부모를 병원에 혼자 보내는 게 더 나을 때도 있다. 우리는 그런 경우를 여러 번 경험했다. 보호자가 곁에 없으면 의사나 간호사들이 환자를 더 각별히 신경 쓰고 돌본다. 보호자가 있으면 보호자에게 맡긴다. 안녕히 가세요. 이제 보호자께서 알아서 하셔요.

그리고 더 좋은 일이 생겼다. 다음 날 여의사가 기가 막힌 제안을 했다. 암센터가 같은 건물에 있고 예약날짜가 겨우 이틀 남았으니 그때까지 병원에 있다가 바로 항암치료를 받는 게 좋겠다는 내용이었다.

모든 것이 착착 맞아떨어졌다. 나는 전체 부대의 복잡한 보급

계획을 완벽하게 짜고 실행하는 똑똑한 보급품운송 담당자가 된 기분이었다. 그러나 다음 재앙이 벌써 지척에서 잠복 중이었다.

일단은 모든 것이 매끄럽게 진행되는 듯 보였다. 병원에 엄마를 보러 갔을 때, 엄마는 슐렌츠 여사답게 이것저것 불평을 늘어놓았다. "그럭저럭 괜찮은데, 아르민이라는 남자간호사가 글러먹었어. 완전 청개구리과야." 그리고 마르타 수녀는 친절하지만 아쉽게도 너무 우둔하고 특히 커피 맛이 원숭이 오줌 같다고 했다.

다음 날 엄마는 포트카테터를 문제없이 부착했다. 심지어 엄마는 쇄골 아래에 일종의 물탱크주둥이를 가졌다며 자랑했다. 이제 첫 번째 항암치료를 받을 준비가 끝났다. 그때까지 우리는 모두 맘 편히 쉬었다.

한 치 앞도 못 보고!!!!

나, 집에
갈래

- 우리의 마음도 모르고

조깅하다 전화를 받았다. 엄마한테 혹시 무슨 일이 생길까 싶어 나는 항상 휴대전화를 가지고 다녔다. 그리고 정말로 엄마에 관한 일이었다! 전화를 건 사람은 동생이었다. 병원이 그의 자동응답기에 메시지를 남겼단다. 엄마가 퇴원을 결정했고 누군가 데리러 오기를 기다리고 있다는 것이다. 나는 기가 막혀서 말이 안 나왔다. 모든 걸 완벽하게 짜놨는데 이제와 이런 일이 터지다니! 엄마는 그냥 집에 가고 싶어 했다. 현재 갈 수 없는 그곳으로. "내가 알아서 할게!" 나는 동생에게 말하고 집으로 달려갔다. 우리는 업무를 분담했었다. 동생은 회계전문가로 고지서와 계산서를 담당했고 냉장고 채우는 일도 맡았다. 앞에서 말했듯이 나는 의사와 병원 등 의료분야를 담당했다. 비관주의자와 안 맞는 일이긴 하지만, 동생 말로는 내가 기자니까 의료계 사람들과 얘기하고 협상하기가 수월할 거란다. 사실 동생은 이 말을 아주 간략하게 표현했다. "형은 말발이 세잖아."

엄마는 우리의 업무분담을 알았으면서도, 담당의사에게 주저 없이 동생 번호를 주며 퇴원을 알리라고 했다. 어째서 항상 동생일까?

나는 집으로 부리나케 달려가면서 재빨리 엄마에게 전화를 걸었다. 엄마는 전화를 받지 않았다. 나는 휴대전화에 정신이 팔려 그만 보도블록 턱에 걸려 넘어져 바닥을 구르다 돌담에 부딪혔다. 그때 내 입에서 튀어나온 욕들은 너무 거칠어서 여기에 도저히 적을 수가 없다. 하지만 정말이지 그런 욕을 할 만큼 나는 화가 났고 충분히 그럴 상황이었다. 어깨를 다쳤고 조깅바지가 찢어졌다. 그리고 통제되지 않는 엄마가 내 목을 졸랐다. 설상가상으로 스마트폰 액정에 금이 갔다.

집에 도착하자마자 나는 서재로 달려가 엄마와 관련된 주요 전화번호가 적힌 쪽지를 찾아내 곧장 병원에 전화를 걸었다.

여의사가 전화를 받았다. 그러나 친절하게 엄마를 입원시켰던 그 의사가 아니었다. 전화를 받은 여의사는 지금 내가 무슨 말을 하는지 전혀 몰랐다. 나는 그간의 일을 전부 설명하고, 엄마가 병실에서 바로 암센터로 갈 수 있게 하루만 더 거기 머물게 해달라고 애원했다. 그리고 약간 어깃장을 놓듯 대안을 제시했다. "정 그게 어려우면, 환자가 집에서 다시 쓰러지든 말든 퇴원시키세요. 그러면 어머니는 분명 응급구조버튼을 누를 테고 적십자가 다시 어머니를 병원으로 데려갈 테고 그러면 어머니는 거기서…." 의사가 내 말을 끊었다. "어머나!" 의사는 내 말을 이해했고 동료가 남긴 메모를 지금 막 발견했단다. 엄마가 병실에서 곧장 암센터로 가서 항암치료를 받는 것이 역시 아주 합리적인 결정인 것 같다고 덧붙였다. 메모를 제때에 읽었더라면, 내가 어깨와 무릎을 다치는 일도 없었고 스마트폰이 깨지지도 않았을 테고 분노폭발도 없었을 거라 퍼붓고 싶었지만 꾹 참았다. 내가 원하는 것은 오직 하나, 원래 계획대로 하는 것이었기 때문이다. "그렇게 하죠. 단, 어머니께서 동의하시면요." 여의사가 말했다. 나는 어머니가 동의할 거라 대답하고 클린트 이스트우드처럼 목소리를 잔뜩 깔고 덧붙였다. "걱정 마십시오."

마침내 엄마가 전화를 받았고 당연히 내 계획에 즉시 동의했다. 엄마는 무슨 생각으로 그런 소동을 벌였는지 자신도 정확히 몰랐다. 아마 '원숭이 오줌 같은 커피' 때문이었을 거란다. 집에 가면 맛있는 인스턴트 커피를 마실 수 있었으니까.

나는 끓어오르는 분노를 누르기 위해 팔뚝을 깨물었다.

두 시간 뒤에 상처투성이 스마트폰이 다시 울렸다. 다시 병원이었다. 그러나 끝번호가 달랐다. 나는 긴장했다. 엄마가 병원휴게실에서 인질극이라도 벌이나?

전화 건 사람은 병원 사회복지과 여직원이었다. 그녀는 엄마를 본 적이 있고 혹시 도움이 필요한지 알아보려 전화를 했단다. 친절하게도. 첫 번째 항암치료 뒤에 다시 집으로 가게 되는데, 그것이 정말로 좋은 생각인지 물었다. "아니오." 나는 얼른 대답했다. "이렇게 표현해서 미안합니다만, 그건 정말이지 엿 같은 생각이에요. 하지만 달리 방도가 없잖습니까. 암센터에서 어머니를 돌봐주실 수는 없습니까?"

"안타깝지만 안 돼요." 사회복지과 직원이 대답했다. 화학요법은 현재 외래 치료이기 때문에 의사들이 허락하지 않을 거란다.

인 생 의 마 지 막
정 거 장 일 지 모 르 는 곳

- 결국, 요양원에 가다

나는 손가락이 아프도록 전화했다. 엄마는 지금도 벌써 기운
이 없으니, 항암치료 뒤에는 정말 심각할 것 같았다. 나는 무조
건 적어도 몇 주 동안 엄마를 받아주고 원기를 회복시켜줄 요양
시설을 찾아내야만 했다. 그리고 엄마도 그것에 적극 동의했다.
"그게 좋겠어." 엄마가 힘없이 대답했다. "또 쓰러지면 아마 그
걸로 끝일 거야."

그러나 전화한 곳 모두 자리가 없었다. 병원 사회복지과 여직
원이 친절하게도 돕고자 했고 우리를 위해 의료보험조합에 위급
요양등급심사를 신청해주었다. 그것이 요양원 자리를 얻을 기회

를 높일 것이다. 그러나 신청서는 바로 거부되었다. 나는 충격을 받았다. "그런 걸 얻으려면 도대체 얼마나 위급해야 하는 거죠?" 나는 여직원에게 물었다. "목이 잘려야? 아니면 벌써 죽었어야 하나요?"

"때때로 쉽지 않죠." 여직원이 애석해하며 대답했다. "돌볼 수 있는 누군가가 있으면 대부분 거절되거든요."

아, 누가 독일을 요양천국이라 했던가!

나는 계속해서 전화했다. 드디어 로젠그룬트 요양원의 친절한 직원과 통화했다. 그 사이 나는 필사적으로 변했고 할 수 있는 모든 수단을 동원했다. "도대체 우리는 어떤 나라에 살고 있습니까?" 혹은 "저희 어머니는 이 나라와 함께 성장했습니다." 나는 이런 문장들을 동원해 떨리는 음성으로 호소했다. 그리고 이것은 진심으로 하는 말이었다. 나는 15분 뒤에 마침내 요양원 여직원을 거의 식물인간 상태로 만들었다. 여직원은 항복하듯이 4주 단기입주를 허락했다. "단, 보험처리는 안 됩니다." 그녀가 강조했다. "요양등급 없이는 어쩔 수 없어요. 모든 비용을 사비로 내셔야 합니다. 그리고 4주 뒤에는 끝이고요."

"물론입니다." 나는 안도하며 외쳤다. 나는 돈을 캐리어에 넣어 엄마와 함께 보내고 싶을 정도로 기뻤다. 지평선에서 한줄기 빛이 들어왔다. 엄마를 위한 자리! 전문요양시설!

나는 로젠그룬트로 가서 요양원을 살펴봤고 매우 흡족했다. 공포감이라곤 전혀 없는 현대적이고 밝은 건물. 틀림없이 엄마 맘에도 들 것 같았다. 나는 누나와 동생에게도 기쁜 소식을 알렸다. "죽으란 법은 없어!" 동생이 특유의 건조한 어조로 대답했고 누나 역시 크게 안도했다. "우리는 이제 벌써 요양원에 한 발을 들였네." 누나가 말했다. 누나는 늘 그렇듯이 멀리까지 내다봤다. 나는 병원 사회복지과 여직원에게도 다시 전화했다. 그녀는 의료보험조합에 다시 한 번 항의했고 의료자료들을 다시 제출했다. 그리고 놀랍게도 의료보험조합은 제출된 서류에 입각해 정식 심사 때까지 임시로 요양1등급을 발부하기로 결정했다. 엄마는 이제 무보험자가 아니라 정식입주자였다. 보험처리가 되기 때문에 개인 분담금만 내면 되었다. 하지만 그것 역시 만만치 않은 금액이었다.

암 센 터 의
이 상 한   논 리

이제야 비로소 모든 게 정리된 듯 보였다. 엄마는 이제 병실에서 곧장 암센터로 가 항암치료를 받고 거기서 곧장 구급차로 요양원으로 옮겨져 4주간 그곳에서 지낼 예정이다. 착착 아귀가 맞는 완벽한 계획이었다. 이보다 더 좋을 수는 없었다. 너무 완벽해서 진짜 같지가 않았다. 그리고 정말로 진짜가 아니었다….

나는 이런 완벽한 계획을 알리기 위해 암센터에 전화했다. 전화를 받은 간호사가 이상한 얘기를 했다. "어머니께서 항암치료 예약을 취소하셨어요. 지금은 너무 힘들어서 기운을 좀 차린 뒤에 다시 전화를 하겠다고 하셨는데요."

나는 선글라스를 우그러트렸다.

"여보세요?" 간호사가 나를 불렀다.

나는 모든 자제력을 총동원해 일단 깊게 심호흡을 하고 분노를 꾹꾹 눌러가며 말했다. "아닙니다. 그게 아니에요. 어머니는 내일 암센터에 원래 계획대로 갈 겁니다. 그 다음 곧장 요양원으로…."

"네, 알아들었어요." 간호사가 내 말을 잘랐다. "그럼 예약을 다시 잡아야 하는데, 아마 기다리는 시간이 길어질 겁니다. 항암제가 약국에서 혼합되자마자 이곳으로 보내져야 하니까 지금 다시 약을 주문하면 준비할 시간이 필요해요. 그리고 앞 환자의 치료가 끝날 때까지 기다리셔야 하고요."

"상관없습니다. 중요한 건, 내일 항암치료를 한다는 겁니다." 내가 말했다.

내일 음식, 물, 그리고 담요를 준비하라는 설명을 다시 한 번 들었다. 말했듯이 시간이 꽤 걸릴 테니까. 나는 잘 준비하겠다고 약속했다.

어느 정도 흥분이 가라앉은 뒤에 나는 엄마에게 전화했다. 다행히 아내가 나를 진정시켜주었다. "어머님은 두려우신 거야. 완벽하게 잘 정리해놓은 게 망가져 속상하겠지만, 그래도 어쩌겠어, 당신이 이해해야지." 아내가 말했다.

속상? 맞다. 정말 그랬다. 분할 정도로 속상했다. 나는 분을 못 이겨 몸을 부들부들 떨었다.

"가서 장작 좀 패고 와." 아내가 조언했다.

나는 마당에서 정말로 미친 듯이 장작을 팬 뒤에야 비로소 엄마를 이해했다.

나는 엄마에게 전화해 모든 걸 다시 바로잡았다. 엄마는 생각이 짧았다고 인정했고 뒷말을 참았다. "내가 가끔 일을 … 아, 아니야."

엄마는 이제 견뎌야만 했다. 다른 선택지가 없었다. 그날 저녁 동생이 담요와 음식을 가져왔다. 이제 모든 준비가 끝났다.

다음 날 아침 출근 전에 나는 필요한 절차들을 점검하기 위해 요양원에 다시 들렀다. 그때 전화가 왔다.

암센터였다. 엄마가 또 무슨 짓을 했나? 의사를 때려눕혔나? 간호사를 '뚱뚱한 돼지'라고 불렀나?

아니었다. 아주 인간적인 일이었다.

"어머니께서 지금 암센터에 오셨고 조금 있다가 치료를 시작할 겁니다."

"네, 알고 있어요." 내가 대답했다.

"패드도 준비하셨나요?"

"뭐요?"

"패드. 기저귀라고 부르는 사람들도 있습니다만. 저희는 패드라고 불러요."

"아니오." 내가 기운 없이 대답했다. "패드는 생각도 못했어요. 그리고 그걸 준비해야 한다고 말해준 사람도 없었고요."

침묵이 흘렀다.

"음… 어쩐다…." 간호사가 고민했다.

"왜요?" 내가 긴장하여 물었다.

"어머니는 이제 곧 장시간 항암치료를 받을 거고 그러면 화장실도 못 가요. 그럴 기운도 없을 테고. 그래서 패드를 차는 게 여러 모로 편하거든요."

"아, 네. 그럼 제가 이제 뭘 해야 하죠?" 내가 물었다. "출근이고 뭐고 만사 제쳐두고 마트로 달려가 성인용 기저귀 대용량을 사서 암센터에 가져다 줘야 하나요?"

"그래도 괜찮으시면요."

나는 정말로 폭발 직전이었다.

"이봐요! 전혀 안 괜찮아요. 준비하라는 담요, 음식, 물 준비했고, 정확한 시간에 암센터에 도착했어요. 패드에 대해서는 한마디도 못 들었다고요. 그리고 저는 지금 출근해야 합니다. 이런 상황에 익숙하실 거라 믿습니다. 그만 끊겠습니다."

나는 전화를 끊었다.

잘 한 일이다. 전화기를 계속 붙잡고 있었다면 분명 이성을 잃었을 테니까. 최근에 정말로 나의 분노 도화선이 아주 짧아졌다.

아무튼 패드 없이도 모든 것이 잘 되었다. 당연히 암센터에 패드가 있었다. 그냥 그걸 쓰면 될 것을 군이 출근시간에 전화해서 가져오라고 하다니….

다섯 시간 뒤에 간호사가 다시 전화해 엄마가 이제 요양원으로 떠났다고 알려주었다. 엄마의 임시거처지만 어쩌면 인생의 마지막 정거장일지 모르는 곳으로.

부모님의
결혼

- 모든 것의 시작

　　부모님은 1950년대 중엽에 킬(Kiel, 독일 북부의 항구도시-옮긴이)에서 만났다. 아버지는 극장 간판 화가였고 재즈밴드에서 드럼과 실로폰을 연주했다. 엄마의 표현을 빌리면, 매력 넘치는 '익살꾼' 예술가였다. 엄마는 킬에서 가장 큰 레코드가게에서 일했다. 어느 날 아버지가 음반을 사러 왔고 엄마가 손님을 맞았고 그렇게 모든 것이 시작되었다. 음악이 두 사람을 엮어주었고, 두 사람의 인생에서 음악은 빼놓을 수 없는 동행자였다. 두 사람은 평생을 함께하고 싶었고 그렇게 할 수밖에 없다는 게 곧 확실해졌다. 엄마가 임신을 한 것이다. 그리하여 두 사람은 결혼했다.

그러나 아버지가 극장에서 받는 돈은 보잘것없었고 결국 두 분은 코르넬리아 누나가 태어난 뒤 외할아버지 집으로 들어갔다. 계단실 아래 화장실 하나에 방 두 개!

외할아버지는 기본적으로 마음이 아주 따뜻한 사람이지만, 지하 재즈바에서 북이나 두드리는 극장 간판쟁이를 좋은 사윗감으로 여기진 않았다. 아버지는 무엇보다 작은 집에서 장인장모와 사는 게 쉽지 않았고 그래서 당시 자주 술을 마셨다고 한다. 외할아버지는 마음이 아주 넉넉한 사람이었다. 철도경찰이었고 존경받는 인물이었다. 그리고 나치당 입당을 거부해 고초를 겪을 만큼 신념도 확고했다. 외할아버지는 무뚝뚝하고 약간 보스 기질이 있었으며 골초였다. 나는 외가댁을 자주 방문했는데 그곳에 가면 늘 마음이 편안했다. 할머니할아버지는 외손자가 원하면 뭐든지 들어주셨다. 외가댁을 떠올리면 항상 외할아버지의 큰 기침소리가 제일 먼저 생각난다. 천둥처럼 크고 가래가 그르렁 끓는 담배기침소리가 폐 깊은 곳에서 용암처럼 솟아올라 분출했다. 굉음이 집 전체를 흔들었다.

외할아버지와 아버지는 사이가 별로 안 좋았고 좋아질 전망도 없었다. 그러나 젊은 부부는 집을 장만할 형편이 못되었다. 친가 쪽도 마찬가지였다. 아버지가 장남이고 동생이 넷이나 있었다. 아버지는 아내를 데리고 또 남의 집에 들어가고 싶진 않았다. 친할아버지와 할머니는 부촌에 살았지만 애석하게도 남의 집이었다. 아름답고 큰 건물은 대학생 기숙사였고 두 분은 건물관리인으로 그곳에 거주하면서 아들 다섯을 키웠다. 할머니는 요리, 세탁, 청소를 맡았고 할아버지는 건물관리와 더불어 위생병 역할도 했다. 검투연합회 대학생들이 대강당에서 정기적으로 결투를 벌였다. 일종의 검투 의식이었다. 의식이 끝나면 할아버지가 언제나 상처를 치료했다. 대부분 찰과상이어서 꿰맬 필요는 없었다. 그리고 원래 결투는 항상 흉터를 남겨야 했다. 흉하게 들리겠지만 검투연합회 규칙이 그랬다.

나는 어렸을 때 그곳에 자주 갔었고, 수많은 방과 벽에 온갖 물건들이 걸렸고 결투장까지 있는 커다란 건물에 완전히 매료되었다. 한번은 어느 의대생 방에 몰래 숨어들어 책상 위의 두개골을 보고 으스스함과 매혹을 동시에 느끼며 감탄했었다.

친할아버지와 할머니는 대가족과 함께 이 건물 옥탑방에서 지냈다. 그곳에도 어린 딸을 키우는 젊은 부부가 지낼 방은 없었다.

아버지는 방금 신설된 독일연방군에서 해결책을 찾았다. 아버지가 직업군인이 되는 순간 독일연방군은 즉시 젊은 부부에게 넉넉한 월급과 집을 제공했다. 아버지는 주저 없이 직업군인이 되었다. 아버지는 그저 최대한 빨리 장인의 집에서 나오고 싶었던 것이다. 충분히 합당한 소망이었지만 그럼에도 인생 최대 실수였다. 군인, 엄격한 계급, 고함, 거친 사나이들은 섬세한 예술가였던 아버지와 맞지 않았다. 그러나 아버지는 그렇게 극장을 나와 군인이 되었다. 그리고 아버지는 예술계와 완전히 담을 쌓았다. 다시는 드럼을 치지 않았고 자신의 숙명에 순응했다. 그러나 그림에 대한 열정만은 남아 있었다. 아버지는 집에서 몇 시간씩 책상에 앉아 그림을 그렸다. 나중에는 멋진 수채화 도구를 장만했고 죽기 직전까지도 그림을 그렸다.

내가
세계혁명을 꿈꿨을 때

　나는 1958년에, 동생은 1961년에 태어났다. 우리 가족은 처
음에 부슈테트, 그 다음 슐레스비히 그리고 마침내 함부르크의
벤토르프 구역에 안착했다. 모든 군인 자녀들이 그렇듯, 우리 삼
남매도 이사를 몹시 싫어했다. 우리 삼남매는 새로운 환경과 새
로운 학교에 힘겹게 적응하며 겨우겨우 새로운 친구를 사귀었
고, 군인 자녀의 삶을 증오했다. 나는 유년기와 아동기를 부대관
사에서 보냈다. 부모의 친구들도 군인이고 이웃도 군인이었다.
그중에는 불편하고 괴팍한 사람들도 더러 있었다. 또한 모두가
우파성향이었다. 우리 부모님은 둘 다 사회민주주의자였고 동료

들 사이에서 '빨갱이'로 통했다.

나중에 동생과 나는 둘 다 병역을 거부했다. 아버지는 우리를 이해했다. "그런 쓰레기장은 너희랑 안 맞아." 아버지가 말했다. 엄마도 우리의 결정에 동의했지만, 그럼에도 우리가 제복을 입은 모습을 꼭 한 번 보고 싶었다고 털어놓았다.

아버지의 '동료'들은 당연히 고개를 저었다. 좌파 아들 둘이라니, 기가 막히군!

1970년대에 아버지는 비상대피 담당자였다. 훈련을 위해 NATO경보가 울릴 때마다, 아버지는 보안구역에서 특별 임무를 담당했다. 그것 때문에 아버지는 정기적으로 독일연방군 보안청(MAD)으로부터 심사를 받았다. 당시 나는 이웃마을에 있는 좌파 청년센터에서 여가시간 전체를 보냈고, 세계혁명을 꿈꿨고, 〈노동자 투쟁〉이라는 신문을 읽었고, 공산주의에 대해 쥐뿔도 모르면서 스스로 공산주의자라고 생각했다. 나는 마르크스의 《자본론》을 두 쪽 읽다 말았고 《공산당 선언》은 대충 훑었다. 나는 체게바라의 팬이었다. 나는 그의 포스터를 침대 맡에 붙여두었다. 보안청은 앞에서 말한 좌파청년센터를 예의주시하는 것 같았다. 어느 날 다시 보안청 심사가 있었고 그때 보안청 사람이 아버지에게 물었다. "아들 케스터가 뭘 하고 다니는지 알고 있습니까?"

"무슨 말씀이신지 잘 모르겠습니다." 아버지가 대답했다.

"좌파청년센터 지도부로 활동하는 거 아시잖습니까. 공산주의자가 잠입한 단체…."

"아, 압니다." 아버지가 말했다.

"위험합니다." 보안청 남자가 대답했다.

"제가 뭘 해야 합니까?" 아버지가 물었다. "아들을 총으로 쏘란 말씀이십니까?"

보안청 남자는 입을 꾹 다물고 있었다.

"아들은 성인입니다." 아버지가 계속 이었다 "그리고 언젠가 다시 제정신을 차릴 거라 믿습니다. 하지만 그것 역시 아들이 스스로 결정할 일입니다. 저는 이래라저래라 명령할 수 없고 그렇게 할 마음도 없습니다."

면담은 빨리 끝났다. 그 후 보안청은 다시는 내 얘기를 꺼내지 않았다. 나는 아버지의 대응 방식이 아주 멋졌다고 생각한다. 아무튼 나는 정말로 얼마 후 제정신을 차려 더는 공산주의자가 아니었다.

어렸을 때는 당연히 군대에 대해 다르게 생각했었다. 아버지가 탱크부대지휘관인 것이 나는 자랑스러웠다. 아버지가 훈련 때 육중한 탱크를 타고 굉음을 내며 관사 앞 도로를 지나면 우리는 발코니에서 손을 흔들었다. 그러면 아버지도 탱크에서 손을 흔들어주었다. 당시 우리는 아버지가 파괴무기를 운전한다는 걸 전혀 의식하지 못했다. 심지어 나는 아버지와 탱크에 합승한 적도 있다. 1968년 크리스마스시즌이었다. 나는 당시 열 살이었고 관사에 사는 모든 어린이들은 크리스마스에 산타클로스로부터 과자선물을 받았다. 1968년 크리스마스에는 아버지가 산타클로스를 맡았고 나는 산타클로스의 조수역할을 해야 했다. 아이들이 기대에 차서 관사 식당에 모였다. 뒤쪽 미닫이문이 열렸고 탱크가 굉음을 내면서 천천히 식당 쪽으로 후진해왔다. 탱크에는 아버지와 내가 앉아 있었다. 탱크 후문이 열리고 하얀 수염의 산타클로스와 꼬마 조수가 선물자루를 메고 내려 아이들의 환호를 한 몸에 받으며 식당으로 들어가 선물을 나눠주었다. 당시 아무도 인식하지 않았지만, 돌이켜 생각해보면 굉장히 모순되고 으스스한 장면이었다. 산타클로스가 전쟁무기인 탱크를 타고 와서 기분 좋게 선물을 나눠주다니….

영 화 배 우 가
될 뻔 했 던 형 제

6년 뒤 나는 다시 독일연방군의 부름을 받았다. 더 구체적으로 말하면, 분명 독일연방군의 부름은 맞았지만 딱히 나를 찾는 건 아니었다. 당시 나는 열여섯 살이었고 동생은 열세 살이었다. 영국 영화사가 독일연방군에 협조를 요청했다. 이 영화사는 함부르크에서 〈오디세이 작전〉이라는 영화를 촬영했는데, 함부르크 기자들이 과거 유대인수용소 지도부와 전범을 추격하는 내용이었다. 영화에는 전쟁 회상 장면이 많았고 영화사는 보조 출연자로 군인들이 많이 필요했다. 아버지를 비롯해 군인 50여 명이 동참했다. 또한 영화사는 히틀러 청년단 역을 맡을 우리 또래 청년들도 필요했다. 영화에 출연하면 한 사람당 300독일마르크를 받을 수 있었다. 그 돈이면 평소 갖고 싶었던 물건을 모두 사고도 남았다. 하지만 문제가 하나 있었다. 우리 둘 다 완전히 구린 헤어스타일을 해야 했다. 적어도 당시 트렌드와는 전혀 맞지 않는 스타일이었다. 우리는 둘 다 장발이었는데 히틀러 청년단 역할을 하려면 머리를 완전히 밀어야 했다. 우리는 1초도 고민하지 않았다. 볼썽사나운 나치머리는 생각하고 말 것도 못되었다. 300독일마르크, 확실히 좋은 보수였다. 하지만 그 대가로 몇 달 동안 친구들한테 놀림을 받아야 했다. 그건 우리에게 너무 무리한 요구였다. 우리는 출연제의를 거절했다.

아버지와 동료들은 당연히 출연했다. 그들은 독일군 제복을 입고 함부르크에서 여러 날 동안 촬영했다. 아버지에게 영화촬영 경험은 인생의 하이라이트였다. 아버지는 눈을 빛내며 촬영 얘기를 했다. 그러나 그것이 또한 묻어두었던 옛날 상처를 들춰 냈다. 아버지가 젊었을 때 갑자기 떠나야 했던 예술계의 숨결이 다시 한 번 아버지를 둘러쌌기 때문이다.

아버지가 언제나 우리에게 자상하고 좋았던 건 아니다. 아버지는 직업군인으로 사는 걸 아주 힘들어했고 자주 불행해 했다.

아버지의 마음 깊은 곳에서 언제나 분노가 용암처럼 부글부글 끓었다. 아버지는 그 분노를 우리에게 표출하진 않았다. 그럼에도 우리는 아버지를 자극하지 않는 게 좋다는 걸 직감했다. 우리들 누구도 아버지의 분노 폭발을 겪고 싶지 않았다. 아버지는 독일연방군이 아버지의 평생직장임을 잘 알았지만 그럼에도 직업군인은 아버지 적성에 맞지 않았다. 아버지는 가슴속 깊은 곳에 예술가를 묻었다. 하지만 기분 좋을 때면 아버지는 무척 재밌는 사람이 되었다.

아버지의 수많은 개그를 나는 지금도 기억하고 종종 써먹는다. 아버지는 재밌는 표현의 창조자였다. 아버지는 우리를 번쩍 들었다 소파에 내려놓을 때마다 장난스럽게 외쳤다. "슈우웅 발사!" 또한 1950년대에 찍은 전설적인 사진이 있다. 축제 때 찍은 사진으로 아버지는 '노트르담의 꼽추'가 되어 테이블 위를 뛰어다녔다. 과거 극장에서 일했던 실력을 발휘하여 광대뼈 아래까지 축 처진 눈을 완벽하게 그렸다. 대단하다!

부모님은 거의 60년을 부부로 살았다. 좋은 때도 있었고 나쁜 때도 있었지만 언제나 함께였다. 이제 엄마는 홀로 자기 길을 계속 가야 했다. 그리고 그 길은 이제 엄마를 요양원으로 안내했다.

엄 마 의
치 아 는   어 디 에 ?

요양원 첫날 저녁에 아내와 나는 엄마를 방문했다. 똑똑 노크. "들어와요." 우리는 방으로 들어서자마자 깜짝 놀랐다. 침대에 웬 드라큘라 할머니가 앉아 있는 게 아닌가!

"맙소사. 어떻게 된 거야?"

엄마의 입에 치아가 없었다. 더 정확히 말해, 위아래 틀니가 없었다. 금속지지대 두 개만 드라큘라 송곳니처럼 양쪽에서 삐죽 나와 있었다. 섬뜩하게!

엄마는 살짝 겸연쩍게 웃으며 한 손으로 입을 가렸다. "이상하지?"

"이상한 게 아니라 무서워." 내가 대답했다.

"어머니, 틀니는 어쩌고요?" 아내가 실용적으로 물었다.

"잃어버렸어." 엄마가 대답했다. "아래쪽은 벌써 옛날에 없어졌고, 위쪽 놈은 아까 구급차에서 초콜릿을 먹은 뒤에 좀 아파서 빼놨었는데 없어졌어."

"하여간 못 말려." 내가 툴툴댔다.

엄마는 가발도 없이 치아도 없이 침대에 앉았지만 기분이 꽤 좋아보였다. 엄마는 나의 타박에 그냥 큭큭 웃기만 했다.

"어딘가에는 있을 거 아냐." 내가 말했다. "가운 주머니 확인해봤어?"

"내가 아프긴 해도 정신까지 나간 건 아니야." 엄마가 항의하듯 말했다. "거기에 넣었으면 기억을 하지. 분명 구급차 어딘가에 있을 거야."

나는 요양사들에게 가서 상황을 설명했다.

"흠. 틀니를 잃어버리셨다⋯." 한 요양사가 고개를 끄덕이며 말했다. "여기서는 흔히 있는 일이에요. 대부분 아주 황당한 장소에서 다시 찾아내죠. 예를 들면 화분 같은 데서. 하지만 구급차에서 잃어버리셨다면 다시 찾긴 힘들겠어요."

"왜요?" 내가 물었다.

"매일 청소를 하니까요. 아주 거대한 진공청소기로."

나는 엄마의 틀니가 거대한 진공청소기에 빨려 들어가는 장면을 떠올렸다. 젠장!

혹시 모르니 전화해보라며 요양사들이 환자이송서비스 전화번호를 알려주었다. 또한 일주일에 한 번씩 요양원에 들르는 치과의사가 있으니 미리 예약을 해두라고 권했다. 나는 그렇게 하기로 했다. 이제 아내까지 가세하여 모두가 요양원 복도에서 틀니의 행방을 궁금해 했다. 혹시 어딘가에서 불쑥 다시 나타나는 건 아닐까?

그때 엄마의 방문이 열렸다. 먼저 보행보조기가 나타났고 그 뒤에 엄마가 모습을 드러냈다. 그런데 윗니 틀니가 끼워져 있었다. 살짝 삐딱하게.

"이거 봐. 창아써!" 엄마가 살짝 어눌하게 발음했다. "그런데 자꾸 빠져. 염병. 딱 고덩이 안 돼."

"우와, 엄마!" 내가 외쳤다. "어디서 찾았어?"

"가운 주머니에서! 혹시나 해서 확인해봤지."

아내와 나는 동시에 눈동자를 한 바퀴 돌리고 마주보며 싱긋 웃었다. 이런 상황에 무슨 말을 하겠나.

무슨 이유에서인지 엄마가 항상 '파멜라'라고 부르는 라모나 요양사가 조심스럽게 슐렌츠 여사를 밀며 방으로 들어갔다. "자, 그럼 이제 틀니를 제대로 끼워볼까요?"

"케스터, 네가 한 번 해 볼래?" 엄마가 다시 드라큘라 할머니 모습으로 틀니를 내게 내밀며 물었다.

"에이, 싫어." 내가 대답했다. "라모나 같은 전문가에게 맡깁시다."

"그러지. 파멜라라면 할 수 있을 거야." 엄마가 말했다.

머리뚜껑 닫고
틀니 끼우면 몰라보게 멋있어

　　라모나 요양사가 틀니를 씻고 소독하여 엄마의 드라큘라 금속 송곳니에 다시 끼우려 애썼지만 틀니는 자꾸 빠졌다. 아주 기이한 장면이 연출되었다. 아내와 나는 침대 옆에 섰고, 엄마는 침대에 앉았고, 라모나 요양사는 엄마 앞에 걸터앉아 엄마의 입 주변을 연신 만지작거렸다.

　　"깨물면 안 돼요." 라모나 요양사가 부탁했다.

　　"앙 깨무어." 엄마가 약속했다. 그런 다음 뭔가 더 말했지만 아무도 알아듣지 못했다.

　　"하아." 라모나가 몇 번의 시도 뒤에 결국 포기하듯 한숨을 내쉬었다. "잘 안 되네요. 그리고 아프실까봐 힘을 쓰기도 어렵고요."

"젠장." 엄마가 대답했다.

역시 치과의사가 와야 하는 건가, 생각하고 있을 때 엄마가 장난을 쳤다. "여기 봐봐!" 엄마가 드라큘라 금속 송곳니 사이로 천천히 혀를 내밀었다. 그리고 으스스한 소음을 만들었다. 너무 우스꽝스러워 우리는 모두 배꼽을 잡고 웃었다. 이렇게 다 같이 웃는 웃음은 정말로 기적이었다. 이 모든 당혹스러운 상황에서 창피함을 순식간에 없앴기 때문이다. 유머야말로 절망, 역경, 창피에 맞서는 최고의 무기인 것 같다.

엄마가 마침내 틀니를 낚아채고 퉁명스럽게 말했다. "재미없다, 이제." 엄마는 틀니를 입에 밀어 넣고 입술을 이리저리 빠르게 움직였다. 딸깍. 세상에서 가장 당연한 일처럼 틀니가 착 끼워졌다.

우리는 할 말을 잊었다. "봤지, 파멜라. 이렇게 하는 거라고." 엄마는 싱긋 웃어 보이고 자리에서 일어나 '머리뚜껑'을 꺼내 쓰고 복도로 나갔다.

"어디 가려고?" 내가 물었다.

"요양사실에. 다른 요양사들에게도 내 새로운 모습을 소개해야지." 엄마가 대답했다.

라모나 요양사, 아내 그리고 나는 엄마 뒤를 따랐다. 라모나 요양사는 슐렌츠 여사를 바로 알아보지 못하는 동료들을 보며 재밌어했다. 가발을 쓰고 틀니를 끼우면 사람이 확실히 달라 보인다.

이제 아랫니만 찾으면 되었다. 그러면 엄마는 다시 완전해진다. 그리고 실제로 찾아냈다. 약 일주일 뒤에 아내가 엄마 집에서 몇몇 물건을 챙기던 중 서랍장에서 틀니를 발견했다. 아내는 보석함에서 틀니를 꺼내들고 반갑게 웃었다.

엄마는 하늘을 날듯 기뻐했다. 엄마의 치아가 마침내 모두 돌아왔다!

엄마,
전화를 왜 안 받아?

엄마는 금세 요양원에 적응했다. 비록 여전히 쇠약했지만 요양원에서 충분히 물을 마시고 음식을 섭취하고 약을 올바르게 복용하고 사람들과 자주 접촉했기 때문에 매일 조금씩 기운을 되찾았다. 엄마는 첫 번째 항암치료를 잘 견뎌냈다. 머리카락이 빠지지도 않았고 신경에 문제가 생기지도 않았다. 그런데 엄마는 늘 쓰던 가발을 더는 쓰지 않았다. 내게는 아주 낯선 일이었다. 예전에는 '머리뚜껑' 없이 절대 외출하지 않았었는데…. 가발을 왜 안 쓰냐는 물음에 엄마 대답은 이랬다. 눈이 예민해져서 선글라스를 쓰고 있어야 하는데, 어느 날 '파멜라'가 방에 들어와서는 엄마를 보고 큰소리로 웃으며 말했단다. "어머나 슐렌츠 여사님! 가발에 선글라스까지 쓰니까 아체 슈뢰더랑 똑같아요!"(아체 슈뢰더Atze Schröder는 독일 코미디언 후베르투스 알버스 Hubertus Albers가 연기한 코미디 캐릭터이다—옮긴이)

엄마는 아체 슈뢰더처럼 보이는 게 싫었다. 나는 납득이 안 갔다. "좋은 사람이야. 아주 재밌고, 솔직히 유머코드도 엄마랑 닮았어." 하지만 엄마는 무대에서 웃긴 얘기나 하는 남자 코미디언을 닮았다는 라모나의 말에 기분이 상했다. 결국 엄마의 가발 '삐삐'는 죽은 족제비처럼 서랍장 맨 밑으로 보내졌고 그곳에서 잊혔다.

사실 모두가 요양원에 그럭저럭 만족했다. 그렇다고 엄마가 상냥해져서 사람이나 사물에 대해 화를 내지 않았다는 뜻은 아니다. 처음에 엄마는 다른 사람들과 같이 밥 먹기 싫다며 방에서 혼자 먹겠다고 했다. "여기 사람들은 보기만 해도 끔찍해." 엄마의 이유였다. "프란츠라는 영감탱이는 식당에 들어오자마자 소처럼 우적우적 먹은 뒤 말도 없이 나가 버려. 알마라는 할망구는 세월아 네월아 빵에 버터를 바르다가 먹는 걸 까먹고 창밖만 멍하니 본다고. 차라리 혼자 먹는 게 나."

그 다음 얼마 후부터 엄마가 열정을 쏟는 일이 생겼다. 음식이다. 엄마의 최고 대화주제는 늘 음식이었다. 전화통화 때마다 엄마는 점심에 뭘 먹었고 내일 뭘 먹을지 그리고 뭘 또 먹고 싶은지를 말했다. '엿 같은 장소'라는 말은 쏙 들어갔다.

그러나 때때로 안 좋은 얘기도 있었다. "오늘 물똥을 쌌어. 어제 고기완자를 먹지 말았어야 했나봐. 아니면 오늘 점심에 먹은 초콜릿케이크가 문젠가?"

요양사가 음식을 가지고 왔을 때 엄마는 애석해하며 죽과 비스킷을 주문했다. 그리고 얼마 후에 엄마는 내게 비스킷을 욕했다. 틀니로 먹기가 영 불편하다면서.

"그럼 그걸 왜 주문했어?"

"먹고 싶으니까."

이런 특수 논리는 따져봐야 소용없다.

엄마의 정신은 여전히 정상으로 돌아오지 않았다. 엄마는 말을 하던 중간에 단어가 생각나지 않아 답답해했다. 그럴 때마다 엄마는 화를 냈지만 대부분 언젠가는 찾던 단어를 알아내고 다시 안정을 찾았다. 치매로 이어질 위험은 없어보였다. 오히려 엄마는 전략적인 행동을 익혔다.

한번은 내가 방문했을 때 요양사가 음식을 가져왔고 엄마는 과하게 감사인사를 했다.

"엄마, 이런 모습은 처음이네. 웬일이야?" 내가 놀라서 물었다.

"친절해지라며! 네가 그랬잖아. 봤지? 내가 맘만 먹으면 못 하는 게 없어." 엄마가 대답했다.

요양사가 밖으로 나가고 문이 닫히자마자 엄마가 덧붙였다. "그런데 좀 멍청하긴 해."

엄마는 전화기와도 전투를 벌였다.

"엄마, 전화를 왜 안 받아? 몇 번을 했는지 몰라." 엄마를 방문했을 때 내가 물었다.

"염병할 전화기, 받을 수가 있어야 말이지." 엄마가 대답했다.

"벨이 울리면 초록색 단추를 누르면 돼."

"그건 나도 알아. 초록색 단추를 못 찾아서 그렇지."

"아하." 내가 간결하게 대답했다. "지금 연습해봅시다. 내가 전화할게 받아봐."

벨이 울렸다.

엄마가 몸을 움찔했다. "지금 이 시각에 누구지?"

"나야 나. 내가 방금 전화한다고 했잖아. 봐봐, 내가 지금 전화 걸고 있잖아."

"아, 그렇구나. 그런데 초록색 단추가 어디 있어?" 엄마가 물었다. "이거야?"

"아니, 전화기 아랫부분. 봐, 여기."

엄마는 전화기 여기저기를 만졌다.

"엄마, 초록색이라고! 어디 있는지 가리켜봐!"

"유치원생 가르치듯 그러지 마!"

"뭐라고?"

"그런 한심한 질문 좀 그만 하라고."

"그럼 앞으로 우리랑 전화 안 할 거야?"

"해야지!"

"전화를 안 받으면 어떻게 통화를 하겠다는 거야?"

"나도 몰라. 네 동생하고는 잘 되는데, 너하고만 안 되는 거야."

예기치 못한
사고

그렇게 며칠이 흘렀다. 우리는 정기적으로 엄마를 보러 요양원에 갔다. 엄마는 서서히 활동반경을 넓혀 방 밖까지 진출했다. 이따금 우리는 엄마의 보행보조기 복도 산책에 동행했다. 한번은 요양사실 앞을 지나다 커피를 마시며 담소를 나누는 요양사들을 만났다. 우리는 그들과 잠시 수다를 떨었다. 엄마는 다소 약하게 표현했지만 아무튼 메시지는 확실히 전달했다. "여긴 좀 살 만한가 보네. 여기 비스킷은 우리가 먹는 뻑뻑한 덩어리보다 더 좋아 보여."

요양사들이 웃었다. 사실 이날은 평소와 비교해 엄마 상태가 양호한 편이었다. 평소에는 엄마가 방 한쪽 구석에서 보행보조기에 앉아 고개를 옆으로 늘어뜨리고 있지만 않아도 다행이었다. "엄마, 나 왔어." 내가 엄마를 보며 인사를 해도 엄마는 멍하니 딴 곳만 봤다. "아무것도 못 들어요." 요양사가 말했다. "하지만 이곳에 있는 게 아무튼 어머니께 좋아요."

나는 살짝 울컥하여 말없이 속으로 생각했다. 할 일이 아무것도 없는 곳, 바깥과 무관한 특별한 작은 세계. 요양원의 시계는 다르게 간다. 그리고 중요한 것도 다르다. 허리가 완전히 꼬부라진 할아버지가 모자를 쓰고 복도를 천천히 걸으며 욕했다. "젠장, 그렇게 누차 말했는데, 봐, 결국 아무것도 바뀐 게 없어…."

그가 누구를 왜 욕하는지는 그만의 비밀이었다. 그는 '악명 높은 욕쟁이'였고 늘 자기 자신에 매몰되어 밑도 끝도 없이 화를 냈다.

요양사실 게시판에는 입주자들이 참여할 수 있는 다양한 프로그램들이 소개되었다. 일주일에 한 번씩 기억력 훈련을 하는 '두뇌운동교실'이 있었다. 나는 속으로 생각했다. '참여하고 싶어도 모임날짜를 기억 못하면 어쩌지?'

공작교실, 단체 텔레비전 시청, 낙상예방교실 등 프로그램이 아주 다양했다. "엄마는 여길 가야겠네!" 나는 낙상예방교실 안내문을 가리키며 말했다. "싫어. 그건 한 층 아래 맨 구석에서 해. 거기로 가는 길에 벌써 넘어지면 어떡해." 엄마가 대답했다.

엄마가 모든 프로그램을 거부한 건 아니었다. 예를 들어 발마사지는 아주 좋아했다. "저기 간 지 너무 오래됐어." 엄마가 퉁명스럽게 말했다. "내 뒤꿈치 각질을 제거하려면 대패를 가져와야 할 거야." 요양사들이 소리 죽여 웃었다. 나는 웃음을 참으며, 등록해놓기로 약속했다.

"여기 이건 어때?" 나는 다른 종이를 가리키며 물었다. "영화의 밤. 재밌을 거 같은데. 거기서 마음 맞는 사람을 만날지도 모르고."

"지난주에 벌써 갔었어." 엄마가 말했다. "〈콜히셀의 딸들〉을 상영했어. 리셀로테 풀버 주연. 그렇게 구린 영화는 싫어. 차라리 라디오나 듣는 게 낫지."

그리고 엄마는 실제로 라디오를 많이 들었다. 슐렌츠 여사는 자신의 상황에 완전히 만족하진 않았지만 전체적으로 몸이 회복되는 것 같았고 매일 조금씩 요양원에 익숙해졌다. 곧 두 번째 항암치료가 있을 예정이다. 엄마의 혈액수치가 예상대로 나왔다.

그러니까 모든 게 아주 잘 진행되었다. 그러나 내가 이렇게 생각할 때마다 언제나 뭔가 일이 생겼다. 그리고 이번에도 그랬다.

어느 날 저녁 전화가 왔다. 요양원의 라모나 요양사였다. "어머니께서 지금 병원에 있어요. 욕실로 가다 쓰러지셨거든요. 크게 다친 데는 없는데, 머리에 혹이 크게 나서 혹시 몰라 병원으로 보냈어요. 뇌진탕인지 확인해보는 게 좋은 것 같아서요. 6층이에요."

휙 – 착!

코를 박고 엎어졌지!

- 엄마가 묘사한 낙상 과정

바야흐로 나는 한 가지를 확실하게 배웠다. 무조건 병원으로 달려가지 않기. 언제나 전화부터! 나는 이번에도 그렇게 했다. 엄마는 정신이 온전했고 금세 다시 요양원으로 돌아가리란 걸 확신할 수 있었다. 경과를 살펴봐야 확실하겠지만, 일단 엄마는 뇌진탕이 아닐 확률이 아주 높았고 두개골 골절이나 그 비슷한 것도 아니었다. 또한 엄마는 아주 또렷하게 집에 가겠다고 자기 의사를 밝혔다. 나는 잠깐 움찔했지만 엄마가 '집'이라고 지칭한 곳이 요양원임이 곧 밝혀졌다. 나쁜 징조는 아니었다. 엄마는 정말로 요양원을 집처럼 여기는 것 같았다.

한 시간 뒤에 나는 다시 엄마에게 전화했다. 시끌벅적 소란스러웠다.

"여보세요." 엄마 목소리가 들렸다.

엄마 병실에 사람들이 많이 모인 것 같았다.

"엄마, 나야. 케스터."

"우리 아들. 엄마 지금 병원이야."

"알아."

"기운이 하나도 없어."

"큰일은 아니지?"

"죽을 맛이야. 머리에 혹이 두 개나 났어."

"어떻게 된 거야?"

"욕실에 들어가려는데 뭐가 뒤에서 휙 낚아챘어. 그리고 착! 코를 박고 엎어졌지. 아니, 코를 박은 게 아니라 뒤통수가 더 맞겠다."

"누가 뒤에서 낚아챘는데?"

"아무도 아니지. 방에 나 혼자 있는데. 아무튼 누군가 나를 뒤에서 잡아당긴 것 같았어."

간호사의 목소리가 들렸다. "누구에요? 친구?"

엄마가 웃었고 외쳤다. "그만 끊자." 그리고 전화가 끊겼다.

"그냥 끊었어." 나는 살짝 당황해서 아내에게 말했다.

"별일 없으면 된 거지 뭐." 아내가 대답했다. "뇌진탕이 아니라니까 내일 가보면 될 거야."

노인 장기요양
1등급을 신청하다

　　낙상 사건 뒤 엄마는 어느 정도 회복이 되었지만 그럼에도 눈에 띄게 쇠약해졌다. 이 모든 일에 엄마는 많이 지쳐 있었다(본인은 인정하지 않았지만). 두 번째 항암치료가 다가왔다. 나는 하루 전에 암센터에 전화해 예약을 다시 확인했다. 모든 게 순조로웠다. 나는 확실히 해두기 위해 요양원에도 다시 전화해 환자이송 서비스로부터 통보를 받았는지 그리고 따뜻한 담요와 음식을 준비했는지도 확인했다. 역시 모든 게 잘 준비되었다. 어떤 불상사도 생길 수 없이 완벽했다. 다음 날 아침 7시 30분에 암센터에서 전화가 왔다. "어머니께서 전화를 안 받으시네요. 오늘 정말로 오시는지 확인을 해야 하는데 말입니다. 확인이 안 되면 약국에서 약을 보내지 않거든요."

"어디로 전화하셨는데요?" 내가 물었다.

전화한 여자가 번호를 불렀다. 엄마의 집 번호였다. 몇 주째 아무도 살지 않는 곳!

나는 치솟는 분노를 겨우 삼키고 여자에게 설명했다. 그런 일이 있으면 앞으로는 나나 내 동생 휴대전화로 연락해줬으면 좋겠다고 그리고 조금 있으면 엄마가 구급차로 도착할 것이라고.

도저히 납득할 수가 없었다. 어째서 이런 단순한 일조차 꼬이는 걸까? 엄마는 여느 환자들과 마찬가지로 서류가 있고 거기에는 가장 빨리 연락이 닿을 수 있는 나와 동생의 휴대전화번호가 적혀 있다. 그걸 보고 우리에게 전화하는 게 그렇게 어려운 일일까? 어째서 암센터는 굳이 옛날 전화번호를 끄집어내 빈 집에 헛되이 전화를 했을까? 생각할수록 대단한 정성이다. 누군가 어딘가에서 옛날 전화번호를 힘들게 찾아냈다는 얘기가 아닌가.

아무튼 모든 것이 잘 해결됐다. 서류 부족 같은 일로 전화가 오는 일도 없었다. 점심시간 직후에 엄마는 다시 요양원으로 왔다. 엄마와 통화했다. 몹시 지친 목소리였지만 그런대로 괜찮은 것 같았다.

나중에 요양원에 갔을 때, 엄마는 새로운 헤어스타일로 우리를 맞았다. 요양사가 엄마 머리를 양갈래로 땋아주었다. 엄마는 그것을 재밌어했다. 머리를 그렇게 하니 살짝 '말괄량이' 같았다. 엄마의 가발 '삐삐'는 서랍장에 외롭게 버려졌다.

바야흐로 우리 삼남매는 요양보험에 어느 정도 익숙해졌다. 우선 우리는 의료보험조합에 노인 장기요양 1등급 판정과 완전 요양을 신청했었다. 올해 초부터 5단계 체계가 도입되어 요양등급이 다양하게 나뉘었지만, 당시에는 아직 3단계 체계였다. 의료보험조합이 전화로 우리에게 신청서접수를 확인해주었고 곧 심사원이 엄마를 방문할거라고 했었다. "금방 방문할 겁니다. 오래 걸리지 않아요." 하지만 우리는 한 달 반이 넘도록 아무 소식도 못 들었다! 그럼 그렇지.

기다리는 요양등급심사원은 안 오고 고지서가 왔다. 요양원, 의료보험조합, 방문의료서비스, 식사배달서비스 등등. 몇몇은 엄마 집 우편함에 쌓였고 어떤 건 누나에게 어떤 건 동생에게 그리고 또 어떤 건 엄마에게서 받았다. 우리가 자초한 혼란이었다. 말하자면 엄마는 모든 걸 관리하고 돌보는 위임권자 세 명에게

둘러싸여 있었다. 우리는 일을 분담했고 동생이 가족 재무담당자로서 모든 고지서를 처리하기로 했다.

동생은 재무담당 외에 엄마의 주요 통화대상자 역할도 맡았고 잘 견뎌냈다. 엄마에게 전화통화는 바깥세상과 통하는 문이었다. 그러므로 전화기는 음식과 더불어 엄마의 중요한 대화주제였다. 그리고 엄마는 전화통화 때마다 새롭고 악의적인 시행착오 방법을 선보였다.

엄마와의 통화는 대부분 다음과 같이 진행되었다.

엄마가 우리 중 하나에게 전화해서 묻는다. "누구니?"

"나야, 엄마 아들."

"그래, 왜?"

"엄마가 전화했잖아."

"뭐? 아, 그랬지."

"엄마 왜?"

"염병할 전화기가 또 고장이야."

"지금은 멀쩡하잖아."

"그러게. 네 동생이 오늘 요양원에 오는지 물어보려고 전화했어."

"나야 모르지. 엄마, 나는 케스터야. 게랄트한테 전화해서 직접 물어봐."

"그게 안 된다니까. 전화기가 고장이라고."

"고장인데 지금 나한테는 어떻게 전화한 거야?"

"그러게. 정말 염병할 전화기 아니니?"

의 사 는 말 하 고

엄 마 는 듣 지 않 는 다

3 부

내 가 여 기 있 는 게
더 나 은 거 지 ?

- 갑작스런 엄마의 이해심

　요양원은 엄마의 요양등급판정이 확정될 때까지 그곳에 있어도 좋다고 허락했다. 1등급 판정만 받으면 엄마는 앞으로 계속 이곳에 머물 수 있었다. 몇 년이든 상관없이. 아무도 '죽을 때까지'라는 표현은 쓰지 않았다. 우리는 아주 조심스럽게 이것을 엄마에게 설명했고, 엄마는 놀랍게도 흔쾌히 괜찮다고 대답했다. "그런데 엄마, 요양원에 장기 거주하면서 동시에 집세까지 내는 건 무리야. 언젠가는 엄마 집을 정리해야 해." 내가 설명했다.

　"알고 있어. 아무튼 내가 여기 있는 게 더 나은 거잖아." 엄마가 대답했다.

우리는 살짝 당황했다. 엄마가 그렇게까지 이해심을 발휘할 줄 몰랐기 때문이다.

우리는 요양원의 엄마 방을 집처럼 꾸미기 시작했다.

"집에서 뭘 더 가져와야 할까?" 동생이 물었다.

"가져오긴 뭘 가져와! 죄다 쓰레기들인데. 몽땅 버려. 사진이랑 스탠드 그리고 작은 협탁만 있으면 돼." 슐렌츠 여사가 거의 부처님처럼 초연하게 대답했다.

인간은 확실히 나이가 들면 버리는 법을 배우나보다.

그럼에도 우리 삼남매는 요양등급 판정이 완전히 끝날 때까지 기다렸다가 집을 정리하기로 했다. 그리고 이것은 아주 현명한 결정이었다. 그 까닭은 나중에 다시 얘기하기로 하자.

엄마는 나름의 방식으로 점차 요양원을 좋아하게 되었고 요양원도 트라우테 슐렌츠를 좋아했다. 예를 들어 엄마 방으로 음식을 가져다주는 요양사가 말했다. "트라우테 씨는 아주 재밌으세요. 아주 유쾌한 분이시죠. 며칠 전에는 병원 담당의사에 대해 얘기하면서, 못돼먹은 출세주의자에 거드름을 피우는 사람이라며 흉을 봤죠. 원숭이는 높이 오를수록 제 똥구멍을 훤히 내보이는 거라면서요. 그 말에 얼마나 웃었던지…. 이곳에는 좀처럼 다가가기 어려운 사람들도 많은데, 트라우테 씨는 정말이지 최고 입주자세요."

나는 환하게 웃으며 속으로 생각했다. 세상에 이런 일이! 어떻게 이 여자는 엄마를 안 힘들어할 수가 있지?

며칠 뒤, '엄마와 전화기' 장편드라마의 새 버전이 등장했다.

엄마는 내게 전화해서 전화기가 또 고장이라고 정말 진지하게 불평했다.

"전화번호를 누를 때 1.5는 못 누르지?"

나는 엄마가 무슨 얘기를 하는지 일단 곰곰이 생각해야 했다. 나는 이해했고 대답했다. "엄마, 번호를 반만 누를 수는 없지. 또 그럴 일도 없고."

"아, 그렇구나." 엄마가 대답했다. "그냥 생각해본 거야."

엄마는 항암치료를 꿋꿋이 잘 견뎌냈다. 그러나 자꾸 속이고 감추는 경향이 생겼다. 예를 들어 엄마는 변비약을 밀반입하여 요양사 허락 없이 복용했다. 게다가 눈이 어둡다는 핑계로 설명서를 읽지도 않고 '다다익선' 모토에 따라 사흘 치를 계량컵에 녹여 단번에 들이켰다. 엄마는 곧이어 심한 설사에 시달렸고 항암치료 부작용이라고 우겼다. 엄마가 우리에게 계량컵만 주문하지 않았어도 우리는 변비약 남용을 몰랐을 터이다. 우리는 의아하게 생각했다. 요양사들이 시간 맞춰 약을 가져다주는데 엄마는 계량컵이 왜 필요했을까? 엄중한 심문 뒤에 엄마가 '변비약 불법 사용'을 자백했다. 요양사들이 안도했다. 납득할 수 없는 이유로 계속해서 변비와 설사를 반복했던 엄마의 소화기 문제가 비로소 해명된 것이다. 요양사들이 의사에게 이 사실을 알렸고 의사가 용량을 정해주었다. 그 후로 엄마는 필요할 때마다 요양사에게 변비약을 받았다.

염 병 할
영 화 관 !

　엄마는 역시 텔레비전을 원했다. "눈이 어두워 잘 보이진 않지만 그래도 라디오만 내내 들었더니 지겨워. 발레나 오페라 그리고 다양한 다큐멘터리들도 보고 싶어. 그 정도는 아직 볼 수 있어." 동생과 나는 엄마 집에서 커다란 텔레비전을 요양원으로 옮겼고 엄마는 이제 텔레비전 앞에 바짝 앉아 오페라를 즐기고 발레에 감동하고 때때로 토크쇼에 나온 '꼴 보기 싫은 놈'을 욕할수 있었다.

　문화생활에 그렇게 관심이 많은 분이 오페라하우스, 극장, 영화관 등에서 직접 문화를 즐기는 일이 거의 없었다는 게 참 놀라

울 따름이다. 부모님이 70대 중반이었을 때 우리는 두 분께 함부르크 상파울리 극장 티켓을 선물했었다. 유명 극작가 야스미나 레자의 위대한 '예술 작품'을 감상할 기회였다. 그러나 두 분은 그다지 기뻐하지 않으셨다. 그런데 우리 부부가 두 분을 극장까지 모셔다 드리고 다시 모셔올 거라 말하자 그제야 진심으로 기뻐했다. 말하자면 교통편은 선물에 포함된 부가서비스였다. 공연이 끝나고 다 같이 맥주를 마실 때, 두 분은 아주 즐거워보였다. "정말 멋진 작품이었어. 앞으로 자주 와야겠어."

두 분은 그렇게 하지 않았다.

부모님은 오락영화도 아주 좋아했지만 영화관에는 가지 않았다. 저녁에 함부르크 시내에서 전차를 타는 것이 벌써 두 분에게는 끔찍한 일이었다. 어쩔 수 없이 저녁에 외출해야 하면 아버지는 항상 가스총을 챙겨갔다. "나는 군대에서 난동사건을 몇 번 경험했고 그럴 때마다 잘 제압했지만, 이젠 나도 늙었어. 오늘 난동을 부리는 놈은 내 총소리를 듣게 될 거야. 나의 험악한 얼굴도 덤으로 보게 될 테고. 그거면 제압이 되겠지." 아버지가 설명했다.

그러나 아무 일도 안 생겼다. 아무도 난동을 부리지 않았다. 그럼에도 아버지는 항상 무장하고 외출했다. 아버지가 돌아가시

고 엄마가 가스총을 인수했다. 나는 엄마가 초인종을 누른 우편
배달부를 실수로 쏘지 않기를 늘 간절히 기도했다. 엄마는 때때
로 누군가 '이상하게' 현관문 렌즈구멍을 보면 바로 도둑으로 여
기기 때문이다.

　한번은 친구들의 설득에 못 이겨 우리 부모님도 영화관에 갔
었다. 그런데 거대한 멀티플렉스 영화관이었던 게 화근이었다.
오랫동안 영화관에 가지 않았던 두 분에게는 낯선 경험이었다.
당연히 멀티플렉스 영화관이 두 분 맘에 들지 않았다. 두 분은 시
끌벅적한 젊은이들 무리에 둘러싸였다. 젊은이들은 거대한 팝콘
양동이, 치즈소스와 나초가 가득 담긴 욕조만한 그릇 그리고 커
다란 콜라 통을 들고 영화관으로 들어갔고 두 분은 그런 그들을
마뜩찮게 보았다. "영화관이 아니라 뷔페에 온 줄 알았지 뭐냐."
나중에 엄마가 불평했다.

　두 분은 기분을 바꿔보려고 맥주 두 잔을 주문했다. 그러나
500cc 병맥주 밖에 없었다. 영화 중간에 화장실에 가야 할 수도
있기 때문에 두 분은 그렇게 많이 마시고 싶진 않았다. 그렇다고
한 병을 같이 마실 수도 없었다. 마시는 속도가 서로 달랐기 때문
이다.

마침내 영화관에 앉았는데, 광고가 30분이나 나왔다. 게다가 3D안경을 써야 했다. "엿 같은 안경." 엄마가 나중에 욕했다. "안경을 이미 하나 썼는데 거기에 하나를 또 걸쳐야 했다고. 잠수할 것도 아닌데."

설상가상으로 중간 휴식시간도 있었다. 당연히 두 분은 당황했다. "갑자기 영화가 멈추고 불이 확 켜졌어! 그러자 모두가 밖으로 달려가 다시 팝콘, 나초, 콜라를 더 사오는 거야." 엄마가 분노했다.

영화관은 재앙 그 자체였다!

"그런 염병할 영화관에 가느니 차라리 양성애자 양봉업자에 관한 알바니아 다큐영화를 보는 게 나." 아버지가 나중에 결론을 내렸다.

의 사 를
목 사 로 착 각 하 다

크리스마스가 얼마 남지 않았다. 크리스마스를 가족과 함께
보낼 수 있게 엄마를 우리들 집으로 '운반'해야 했다. 우리 삼남
매는 그 방법을 고민했지만 엄마는 아무 데도 가지 않겠다고 했
다. "케스터가 24일 저녁에 요양원으로 와서 커피 한 잔 하고, 다
음날 25일에 게랄트가 다녀가면 돼." 엄마가 간단히 정리하고
이유를 설명했다. "너희 주차장에서 집까지 보행보조기를 밀며
덜컹덜컹 걷다가 넘어지기라도 하면 어쩌니. 안 돼. 아무 데도 안
갈 거야. 그냥 여기서 간단히 하고 끝내자. 여기는 뭐가 어디에
있는지 내가 잘 아니까 좋잖아."

"단," 엄마가 덧붙였다. "커피를 보온병에 담아와. 요양원 커피는 너무 맛이 없어."

엄마 말대로 해야 했다. 2부제 크리스마스. 크리스마스까지는 일주일이 남았고 그 기간 동안 엄마는 우리를 몹시 성가시게 했다.

당연히 전화가 첫 번째 주제였다. 엄마는 커다란 종이에 우리 전화번호를 큼지막하게 적어달라고 했다. 다른 사람 방에 붙은 걸 봤는데 좋아보였단다. "포스터처럼 벽에 떡하니 붙었는데 편하겠더라고. 나도 그렇게 해줘." 우리는 엄마에게 전화번호 포스터를 만들어주기로 약속했다.

엄마는 바로 다음 날 전화해서 포스터가 완성되었는지 물었다. 포스터가 없어서 전화를 할 수 없다며 서두르라고 재촉했다. 그렇다면 지금 전화하는 건 뭐란 말인가!

23일 저녁에 나는 잠깐 엄마에게 들렀다. 엄마는 살짝 당황했다. 나는 그 까닭을 곧 알아차렸다. 바닥에 선물포장지가 흩어져 있었다. 누나가 보낸 크리스마스 선물을 벌써 풀어본 것이다. "참을 수가 없었어. 여기 있으면 하루 종일 심심해. 크리스마스까지 기다릴 거 뭐 있나 싶더라고. 그래서 에라 모르겠다 확 뜯어

버렸지." 엄마가 겸연쩍게 웃었고 이때 앙증맞게 땋은 머리가 살짝 흔들렸다.

엄마한테 들었는데, 하루 전에 요양원 담임목사가 엄마를 방문했었다. "아주 친절한 사람이야. 우리 손자도 신학을 공부한다고 얘기했어. 그랬더니 '좋으시겠습니다' 하대."

"또 무슨 얘길 나눴어?" 내가 물었다.

"마지막에 대해 얘기했지." 엄마가 목소리를 낮췄다. "아주 좋았어."

엄마는 이제 요양원에서 사람들과 자주 만났다. 적어도 그러려고 노력했다. "최근에 날씨가 아주 좋아서 밖에 산책을 나갔었어." 엄마가 설명했다. "다른 사람들도 나왔는데, 순 쓸데없는 얘기만 지껄이는 거야. 그래서 그냥 내 방으로 다시 올라왔어."

엄마와 이런저런 얘기를 나누다 나는 이 책에 대해 설명했다. 엄마는 흔쾌히 동의했다. "하지만 엄마, 좋은 얘기만 쓰진 않을 거야." 내가 말했다. "안 좋은 얘기도 더러 포함될 거야."

"난 괜찮아." 엄마가 대답했다. "내가 모르는 사람들이 읽을 텐데 뭐. 그리고 늙는 것과 거기에 딸린 문제들에 대해 사람들이 뭔가 배울 수 있으면 좋은 거잖아."

나는 싱긋 웃었다. 엄마가 핵심을 말했다.

그 후로 엄마는 나를 볼 때마다 책에 넣으면 좋을 거라며 여러 얘기들을 해주었다. "내가 의사와 목사를 혼동한 적이 있는데, 그건 꼭 넣어야 해."

"당연하지. 어떻게 된 건지 얘기해 봐." 얘기는 이랬다. 칸트가 친절하게도 그러나 미리 연락하지 않고 요양원에 왔다. 엄마가 어떻게 지내나 보려고. 그러나 엄마는 눈이 침침해서 칸트를 요양원 담임목사로 착각했고 그래서 기이한 대화가 오갔다. 나는 나중에 칸트에게서 기이한 대화내용을 자세히 들었다.

"안녕하세요." 엄마가 인사했다. "반가워요. 하나님이 보내셨군요."

"예, 예, 하얀 가운을 입은 반신이죠." 칸트가 농담으로 받았다.

"주말에 설교하세요?"

"아니오." 칸트가 약간 어리둥절해서 대답했다.

"장례식 경험은 있어요?" 엄마가 계속 질문했다.

"글쎄요, 그건 사실 직업적으로 제가 막아야 할 일이죠."

"아니 왜요? 장례식도 포함될 텐데."

"어디에요?"

"하시는 일에요."

"장례식이요? 그럴 리가요."

오해가 풀릴 때까지 한동안 계속 그런 식이었다. 그러나 소위 목사가 엄마의 가슴을 보자고 말했을 때 비로소 오해가 풀렸다.

마당 있는 집을 꿈꾸던
나의 유년시절

우리 삼남매는 비교적 평범한 유년기를 보냈다. 부모님은 소위 '헬리콥터 부모'와는 거리가 멀었다. 우리는 필요한 것을 얻었고 (때때로 너무 잦았지만) 위험을 경고 받았다. 그 외에 웬만한 일은 모두 우리 스스로 판단해서 결정했다. 당연히 누나가 제일 먼저 집에서 나갔다. 비교적 이른 시기였는데, 누나는 자립해서 자기 길을 가고자 했다. 나와 동생은 거의 대부분 밖에서 놀았다. 관사는 그다지 넓지 않았고 부모님은 집이 북적거리는 걸 좋아하지 않았다. 물론 우리 친구들이 놀러오면 비교적 인자하게 대해주셨다. 다만 두 분은 집이 조용하길 바랐다. 그래서 우리는 주

변 들판이나 집 앞 잔디밭에서 축구를 하며 놀았다. 하지만 그것
도 오래 하지는 못했는데, 조금 놀다 보면 항상 화가 난 이웃이
창문을 열고 시끄럽다며 우리를 쫓아냈기 때문이다. 이런 식으
로 쫓겨나는 장면이 내 유년기의 기억 대부분을 차지한다. 맘껏
놀 수 있는 장소가 없어 늘 쫓겨나는 것이 나는 싫었다. 그래서
나는 어른이 되면 내 땅을 사고 거기에 예쁜 집을 지으리라 꿈꿨
었다. 하지만 꿈은 꿈일 뿐, 나는 꿈을 이루지 못할 것이고 그렇
게 많은 돈을 벌지 못할 거라 생각했었다. 당시 내 눈에는 자기
집이 있는 사람들이 대단한 부자로 보였다. 잘 사는 친구네 집에
놀러 가면 그것은 언제나 낯선 세계로의 소풍이었다. 넓은 복도
에 방이 여러 개인 이층집. 아무도 쫓겨나지 않는 넓은 마당까지.
나는 그런 집이 너무너무 부러웠다.

　현재 나는 내 집에서 가족과 함께 산다. 나는 때때로 기분 좋
게 취해 밤늦게 집에 돌아오면 마당을 꾹꾹 밟아보고 나무 정원
과 집을 바라보며 생각하곤 한다. '우리 집이야. 아무도 우리를
쫓아내지 못해!'

　그럼에도 나는 어렸을 때 뭔가 결여되었다는 기분은 없었다.
내가 열여섯 살 때 우리는 새집으로 이사를 갔고 그때 처음으로

나는 혼자 쓰는 내 방을 가졌다. 당시 그것은 내게 대단히 큰 사건이었다. 부모님이 모든 면에서 옳았던 건 아니지만, 나는 기본적으로 집에서 편안하고 안락했다. 유년기와 십대 초반에 그러니까 아직 활주로로 나가기 전에 나는 저녁에 온가족이 텔레비전 보는 걸 무척 좋아했다. 〈쿵후〉〈스타트렉〉〈어벤저스〉는 동생과 내게 엄청난 경험이었다. 그리고 온가족이 숨죽여 봤던 달 착륙 장면도 잊을 수 없다. 그러나 내 생각에 그날 밤 최고는 역시 마침내 달 착륙 장면이 라이브로 방송될 때까지 수많은 오락 영화들이 방영된 것이었다. 그날 밤 아무도 침대로 보내지지 않았기 때문에 우리는 어리둥절하여 서로 눈빛을 교환했었다. 하늘에 밝게 떠 있는 달 위를 이제 사람들이 걸어 다닌다는 것이 좀 으스스했다. 그럼에도 확신하건대, 디에트마르 쇼네어가 맥레인 사령관을 연기한 〈우주정찰대〉 첫 회는 당시 우리에게 큰 감동을 주었고 그 감동은 지금까지 남아 있다. 그보다 몇 년 전에 아우크스부르크 인형극단이 선보여 우리 어린이들을 크게 감동시켰던 〈짐 크노프〉〈돼지코 아기공룡 임피의 모험〉〈꼬마왕 칼레 비르쉬〉 등과 마찬가지로.

나중에 우리 부부에게 두 아들이 생겼을 때, 나는 아우크스부르크 인형극단의 모든 시리즈를 DVD로 샀고 아들들과 함께 전편을 다시 봤다. 헨리와 한네스는 과거의 우리처럼 감동을 받았다. 그리고 나에게 그것은 유년기로의 아름다운 여행이었다. 우습게 들리겠지만, 나는 '가족' '유년시절' 같은 단어를 들으면, 텔레비전 앞에서 온가족이 함께했던 저녁시간이 제일 먼저 떠오른다. 부모님은 소파에 다정히 앉았고 누나와 동생과 나는 각자 의자에 앉아 과자를 먹었다. 그러는 동안 〈어벤저스〉에서 엠마 필과 존 스티드는 초자연적인 현상과 맞서 싸워야 했다. 동생과 나는 〈드라큘라〉〈프랑켄슈타인〉 같은 공포영화도 아주 좋아했는데, 그런 영화는 대부분 밤늦게 방영되었고 부모님은 그런 거친 영화를 아이들에게 허락해도 되는지 확신하지 못했다. 그러면 우리는 애원의 편지를 써서 거실 문 밑으로 밀어 넣었고 대부분 통했다. 부모님은 끝까지 안 된다고 못하고 결국 허락했다. 그때 나는 글의 힘을 알게 되었다.

어쩌면 그것이 불씨가 되어 나중에 내가 저널리스트를 꿈꾸게 되었는지도 모른다. 동생과 나는 독립해 나가기 전까지는 주말에 자주 가족영화의 밤을 열곤 했다. 온가족이 축구를 볼 때가 특히 재밌었다. 엄마는 지루해서 미칠 것 같은 표정으로 소파에

우울하게 앉았고 아버지는 하늘을 찌를 듯 흥분했다. 아버지는 텔레비전 앞에서 언제나 열을 내며 선수들을 욕했다. 예를 들어 아버지는 위대한 공격수 게르트 뮐러를 거칠게 욕했다. 절름발이라는 둥, 열심히 뛰지 않고 얍삽하게 자리만 잘 잡아 골을 넣는다는 둥. 반면 〈달라스〉와 〈다이너스티〉 같은 드라마를 볼 때면 엄마의 눈이 초롱초롱했다. 텔레비전 중독이었던 우리 두 형제는 엄마가 보는 드라마도 같이 봤다. 아무튼 텔레비전 하나가 모든 부족함을 대신 채워줬다는 건 확실히 놀라운 일이다. 심지어 우리는 팝음악의 신을 보기 위해 〈디스코〉에서 일야 리히터가 지껄이는 유치한 농담을 참고 봤다. 우리는 디터 토마스 헤크의 〈히트퍼레이드〉도 꿋꿋이 봤다. 어떻게 우리가 퀼른의 카니발 행렬과 〈푸른 염소〉까지 참고 봤었는지 도저히 이해가 안 된다. 하지만 상관없다. 중요한 건 우리가 텔레비전 앞에서 했던 공동체경험이다. 당시 텔레비전은 전 국민의 거대한 모닥불이었다. 그리고 다음 날 아침 학교에서 수사극, 서부극 혹은 새로운 연속극이 대화주제였다. 아, 그리운 옛날이여!

우리를 키우는 일은 기본적으로 엄마의 책임이었다. 아버지는 가끔 대화를 하고 이따금 야단을 치는 것 말고는 거의 관여하지 않았다. 아버지는 1950년대의 전형적인 남자였지만 대부분의 남자들처럼 심하게 보수적이지는 않았다. 아버지는 현대적인 사람이 되기 위해 노력했지만 역시 완전히 바뀔 수는 없었다.

엄마는 이제
혼자 살지 못한다

    엄마는 요양원에서 그럭저럭 잘 지냈고 내가 방문할 때마다 책에 넣으라며 점점 더 많은 일화들을 들려주었다. 예를 들어, 요양원에는 테러를 일삼는 이른바 '테러 할망구'가 있었다. "이름이 뭐러인데 박사씩이나 된대. 그냥 가만히 있다가 갑자기 아무한테나 달려들어 마구 때려. 피해자를 구해내려면 남자요양사 세 명은 있어야 해. 언제 달려들지 아무도 몰라. 거의 매일같이 밖에서 남자요양사가 외치는 소리가 들려. 안 돼요, 박사님. 그만, 멈춰요. 이러시면 안 됩니다!"

    동생과 나는 놀라서 물었다.

"엄마도 마주친 적 있어?"

"당연하지. 어제는 욕실에 잠복해 있더라고."

"세상에. 그래서 엄마는 어떻게 했는데?"

"당장 꺼지라고 냅다 소리를 질러줬지. 무슨 말인지 알아듣더라고. 찍소리 못하고 물러났어. 나 트라우테 슐렌츠야! 어디서 감히!"

엄마는 자기방어능력을 잃지 않았다. 비록 몸은 약해졌지만 욕은 여전히 정정했다.

집으로 돌아오는 길에 동생이 말했다. "요양원 지하실에 아마 자체 결투장이 있을 거야. 공격성 해소를 위해서 말이야."

그 전에 우리는 크리스마스이브 때 요양원에서 특별음식이 나오는지도 엄마에게 물었었다. 우리는 커피만 가져갈 테니까.

"파멜라에게 물어봐." 엄마가 말했다.

라모나 요양사가 답하기를, 당연히 특별음식이 나오고 포도주도 한 잔씩 마실 거라고 했다. 엄마는 포도주 얘기에 아주 흡족해 했다.

집에서 가져온 텔레비전은 요양원에서도 엄마의 관심을 한 몸에 받았다. 엄마는 늘 그렇듯이 텔레비전 앞에 바짝 붙어 앉아 프로그램들을 논평했다. "지금 떠드는 놈. 제호퍼 맞지? 그 불한당 같은 놈 말이야. 명청하기로는 슈토이버가 더하지. 그놈은 와인초콜릿에 취한 사람처럼 언제나 말이 너무 많아."

마침내 요양원과 관련된 계산서들이 도착했다. 한 달 요양원 비용이 총 2,820유로 53센트였다. 엄마가 요양등급 1등급 판정을 받으면 의료보험조합이 1,064유로를 지불하고 엄마는 나머지 1,756유로 53센트를 연금과 저축액으로 내야 했다. 언젠가 그것마저 바닥나면 우리 자식들이 부담해야 했다. 모두가 엄마의 1등급 판정을 기도했다. 1등급 판정을 못 받으면 엄마는 매달 2,147유로 73센트를 내야 했다. 감당하기 어려운 금액이었다.

그러나 한 가지는 명확했다. 요양등급이 어떻게 나오든 상관없이 이제 엄마는 혼자 살지 못한다. 엄마는 혼자 화장실도 못 가고 씻지도 못한다. 그리고 계속해서 붕대를 교체하고 항암치료를 받으러 암센터에 가야 하는데, 특히 후자가 중요했다. 엄마가 집에서 혼자 지내면, 엄마가 정말로 일어나서 옷을 입고 외출 준비를 마쳤는지 우리는 확신할 수 없으니까. 바라건대 등급판정 심사 때 이 모든 상황이 고려되기를, 엄마가 1등급 판정을 받고 앞으로도 계속 요양원에 머물 수 있기를, 모두가 간절히 바랐다.

요양사들은 엄마의 1등급 판정을 확신할 수 없었다. 그렇다고 실제보다 더 병약한 척 연기를 하는 것도 무의미했다. 파멜라, 앗! 실수, 라모나 요양사의 말대로 심사원은 경험이 많기 때문에 "연기를 하면 금세 눈치 챌 것이다." 그러니 행운을 빌 수밖에 없다.

요양원에서 맞는
크리스마스이브

크리스마스이브가 되었다. 우리 가족이 요양원에 가기로 한 날이었다. 나는 아내와 아이들을 데리고 오후 3시경에 커피와 케이크 그리고 몇몇 선물을 챙겨 엄마에게 갔다. 복도에 크리스마스트리가 있었는데, 고무장갑에 바람을 넣은 장식 때문에 아주 우스꽝스러웠다.

엄마는 비교적 건강했고 우리 네 식구가 모두 와서 좋다며 기뻐했다. 헨리와 한네스는 내게 들은 '테러 할망구'에 대해 직접 물었다.

"그 할망구! 맞아, 복도에서 사람을 마주치면 느닷없이 달려

들어." 슐렌츠 여사가 체리케이크를 먹으며 신나서 설명했다. "그러면 대개는 놀라서 뒷걸음치지만 결국 붙잡혀서 난투극이 벌어지지. 나야 멀찍이서 싸움을 구경하고. 싸움구경이 얼마나 재밌는데."

헨리와 한네스가 손뼉을 치며 크게 웃었다. 그들은 할머니와 잘 통했다.

엄마는 요양원 크리스마스만찬에 기대가 컸다. 생선과 고기 중에서 고를 수 있었다. "뭘 먹든 레드와인을 꼭 마실 거야." 엄마가 말했다.

"그러셔." 내가 대답했다. "그래도 혹시 모르니까 레드와인이 있는지 확인해봐. 와인 대신 마리화나를 말아주면 안 되잖아."

"주면 고맙게 받아야지!" 엄마가 대답하고 손자들에게 눈을 찡긋해 보였다.

6시 직전에 우리는 작별인사를 했다. 엄마는 엘리베이터까지 배웅을 나왔다. 엘리베이터를 기다리는데, 저쪽 끝에서 '테러할망구'가 천천히 걸어왔다.

"엄마, 저기 좀 봐. 여기 혼자 있으면 위험해. 빨리 방으로 들어가." 내가 말했다.

"쓸데없는 소리!" 슐렌츠 여사가 대답했다. "발만 한 번 구르면 끝나."

집으로 오는 길에 우리는 엄마의 호전성에 대해 얘기했다. 엄마는 그 사이 아주 건강해졌고 1등급 판정 가능성은 점점 희박해졌다. 1등급 판정을 못 받으면 엄마는 요양원에서 나와야 했다. 그러나 이제 엄마는 바로 그곳에 머물고 싶어 한다. 청개구리 세상! 처음에는 들어가기 싫다고 그렇게 버티더니, 정작 나가야 한다니 이제는 나가기 싫단다.

나중에 요양원 원장과 의논했는데, 큰 도움은 안 됐다. "간병에 소요되는 시간이 항상 중요한 기준이에요." 원장이 설명했다. "트라우테 씨가 1등급에 필요한 간병 시간을 받을지 확신하기 어렵네요. 두고 봐야죠. 하지만 한 가지는 명심해야 해요. 우리 모두 정직해야 한다는 거죠. 안 그러면 그건 사기니까요." 그러나 그것 역시 심사원에게 달렸다. 들기로 심사원은, 양팔을 머리 위로 올릴 수 있는 사람에게는 1등급을 주지 않는단다.

엄마는 점점 더 건강해졌다. 얼마 전에 엄마는 복도에서 만난 보행보조기 동지를 방으로 초대해 커피를 마셨다. "말도 마, 속

터져 죽는 줄 알았어." 엄마가 불평했다. "그 할망구랑은 대화가 안 돼. 자식이 있냐고 물으면 그냥 그렇다고만 대답하는 거야. 모든 걸 일일이 물어야 했다고."

엄마도 아주 쇠약했을 때 그랬다고 지적하자, 엄마는 바로 수궁했다. "내가 그렇게 엿 같은 늙은이였다는 게 너무 창피해. 하지만 이젠 안 그렇잖아. 다시 건강해졌잖아, 그렇지?"

맞는 말이었다. 엄마는 다시 건강해졌다. 하지만 이 여정이 엄마를 어디로 데려갈지 아직 아무것도 정해지지 않았다.

요양등급
판정

- 운명의 날

　　요양원에서 나가야 할지도 모른다는 생각에 엄마의 근심이 서서히 커졌다. 모든 게 요양등급에 달렸다. 엄마는 집으로 돌아가는 걸 두려워하면서도 양로원에 대한 불평도 서서히 많아졌다. "여기는 온통 멍청이, 골골대는 노인, 노망난 늙은이들 천지야." 위협적인 독거와 건강악화만 아니면, 엄마는 자기결정권이 있는 자립을 원했다.

　　의료보험조합이 심사를 결정했고 우리는 집으로 돌아갈 경우를 대비하기 시작했다. 우선 일어날 때 잡을 수 있게 침대에 손잡이를 달아야 했다. 그리고 욕실에 버팀대도 설치해야 했다. 상처치료, 약, 샤워 등을 도와줄 방문간병서비스에 전화해 돌아오는 주 담당자가 누군지 알아봤다. 적십자에도 전화해서 응급구조버튼이 다시 필요하고 식사배달서비스도 다시 재개해야 한다고 알렸다. 수많은 통화와 메일 교환 뒤에 비로소 모든 준비를 마쳤다.

엄마는 기다리는 걸 몹시 싫어했다. 무슨 일이 생길지 모르는 상황이 엄마를 더욱 지치게 했다. 하지만 다른 사람들과 싸울 힘은 남아 있었다. 엄마는 요양사들을 적군과 동맹군으로 나눴다. 엄마에게 저항하는 모든 요양사들은 적군으로서 우리의 대화 속에서 다양한 욕(똥돼지, 진드기)을 먹었고, 동맹군 요양사들은 '믿음직한 청년' '참한 아가씨'라는 칭찬을 들었다.

마침내 심사 날짜와 시간이 통보되었다. 다음 주 10시에서 11시 사이. 나는 심사받을 때 같이 있기로 약속했고 당일 정확한 시간에 엄마를 방문했다.

약 1시간 30분을 기다렸다. 아무도 오지 않았다. 엄마와 나눌 얘기도 더는 없었다. 나는 하릴없이 그리고 점점 신경질적으로 휴대전화를 만지작거렸다. 복도에서 어떤 여자가 계속해서 '하이너'를 불렀다.

"늙어빠진 마르텐스 할망구야." 엄마가 설명했다. "저렇게 자꾸 없는 아들을 불러. 누군가 그걸 얘기하면 할망구는 경찰을 부르겠다며 화를 내."

"하이너~." 복도에서 애처롭게 울렸다.

나는 점점 더 우울해졌다.

한참이 더 지나서 요양등급 심사원이 노트북을 들고 엄마 방으로 불쑥 들어왔다. '포겔'이라고 자기소개를 하고, 내가 탁자에 펼쳐 놓은 자료들을 대충 훑어본 후 단도직입적으로 엄마에게 일반적인 상태에 관한 질문을 하기 시작했다. 엄마는 솔직하게 대답했고 시키는 동작을 잘 해냈다. 엄마는 힘겹게 침대에서 일어나 50센티미터 떨어진 의자까지 가기 위해 보행보조기를 밀었다. 그러나 엄마는 의자에 앉자마자 옛날 드라마 〈다이너스티〉에서 조앤 콜린스가 하듯이 선글라스를 끼고 다리를 꼬았다. 어쩔 수가 없었다. 엄마는 그저 쿨하게 보이고 싶었던 것이다. 그다지 좋은 출발은 아니었다. 그러나 엄마는 다시 비틀거리면서 도움이 필요하다는 걸 강조했다. "앞이 잘 안 보여요. 당신도 윤곽만 흐릿하게 보여요." 그런 다음 엄마는 불필요하게 허리를 앞으로 숙이고 말했다. "안경을 썼구려."

심사원이 냄새를 맡았다. "그리고요? 안경이 무슨 색이죠?"

그러나 엄마는 호락호락 넘어가지 않았다. "그건 모르겠어요. 염병할 빛이 반사되는 것만 느낄 수 있으니까."

엄마는 친절하지만 매우 명백한 질문들을 계속 받았고 심사되었다. 뭘 더 할 수 있어요? 무엇에 도움이 필요하세요? 씻는 것과 볼일 보는 건 어때요? 혼자 먹고 걷고 씻을 수 있어요?

그리고 심사원은 작은 트릭을 썼다. "발을 좀 볼 수 있을까요?"

"물론이죠."

"그럼 양말과 신발을 벗어주세요."

엄마는 허리를 척 굽혀 50세 젊은이처럼 재빨리 신발을 벗었다. 심사원이 눈썹을 치켜 올리며 물었다. "오늘이 며칠이죠?"

"그야 2월 2일이죠." 엄마가 대답했다. "내 운명의 날."

나는 몸을 움찔했다. 그리고 엄마가 바로 덧붙였다. "넌 존 코너를 절대 잡지 못할 거야. 터미네트릭스."

"왜 운명의 날이죠?" 심사원이 물었다.

"그야, 당신이 오니까…."

"제가 그렇게 끔찍한가요?"

"그럴 리가요." 엄마가 대답했다. "하지만 집에서 혼자 잘 지 낼지 자신이 없어요."

"결과를 기다려 보죠." 심사원이 노트북을 닫으며 말했다. 그 녀는 처음부터 끝까지 속을 알 수 없는 포커페이스를 유지했다. 게다가 마지막에는 약간 친절하게 덧붙였다. "이런 식으로 심사 되는 건 정말이지 바보 같은 상황이긴 해요."

"맞아요." 엄마가 말했다.

나는 심사원을 배웅했다. 그녀는 요양사들과 얘기를 나누고 요양원약정서를 확인할 참이었다.

"저기요." 나는 최후 변론처럼 말했다. "전문지식과 양심에 따라 판정해야 한다는 거 잘 압니다. 하지만 어머니가 분비성 유 방암이라 매일 붕대를 갈아야한다는 걸 꼭 감안해주십시오. 또 한 저희 어머니는 황반변성이 있어 앞을 거의 못 보시고 그래서 약을 제대로 챙겨 드시기 힘들고 식사도 혼자 해결하지 못합니 다. 신체적으로도 아주 약해서 도움 없이는 샤워도 힘듭니다."

"네." 심사원이 대답했다. "모두 기록했어요. 기다려보세요."

그런 다음 그녀는 갔다.

"어땠어?" 내가 방으로 돌아왔을 때 엄마가 물었다. "나 잘했어?"

"응, 엄마. 잘 했어." 나는 엄마의 어깨를 가볍게 토닥이며 말했다. "속이지도 않았고 필요이상으로 건강한 척하지도 않았어."

"1등급을 받을 것 같아?"

"기다려봅시다." 나도 심사원처럼 대답했다. "다시 일하러 가봐야 해."

나는 엄마와 헤어져 나왔고 복도에서 보행보조기를 미는 여자를 재빨리 지나쳤다. "하이너!" 여자가 나를 부르며 웃었다.

"아니에요." 내가 말했다. "죄송해요. 저는 하이너가 아니에요."

"나쁜 놈, 경찰에 신고할 거야!" 노인이 내 얼굴에 휴대전화를 들이밀며 욕했다.

어딜 가나
멍청이들뿐!

- 요양원을 나가고 싶은 엄마

최종 결과를 기다리는 특이한 대기 시간이 시작되었다. 솔직히 엄마가 1등급 판정을 못 받으리란 걸 이미 모두 예상하고 있었다. 하지만 엄마보다 확실히 건강해 보이는데도 1등급을 받은 사람이 요양원에 있었기 때문에 우리는 완전히 희망을 버리지도 못했다. 그렇게 어정쩡한 상태로 우리는 최종 결과를 기다려야 했다. 그러나 슐렌츠 여사는 결심을 굳힌 지 오래였다. "있잖아. 여기서 나가고 싶어. 여기는 온통 멍청이들뿐이야. 여기에 더 있다가는 나도 멍청이가 될 것 같아." 엄마는 자기결정권이 있는 자율적인 삶을 원했다.

나는 복도에서 엄마의 말뜻을 이해했다. 복도는 보행보조기들이 가다 서다를 반복하는 러시아워 상태였다. 저녁식사 시간 때마다 생기는 전형적인 정체현상. 몇몇은 보행보조기에 앉아 잠시 쉬는 사이에 벌써 꾸벅꾸벅 졸았다. "며칠 전에는 늙은 영감탱이가 갑자기 내 방에 들어와서는 자기 방이라고 우기는 거야. 나중에 잘못을 알고 도망칠 때도 동작이 어찌나 굼뜨던지…."

나는 엄마의 얘기를 들으며, 엄마는 정말로 여기랑 안 맞는구나, 생각했다. 하지만 그렇다고 엄마가 혼자 집에서 잘 지낼 거라는 뜻은 절대 아니다. 게다가 곧 있으면 수술도 해야 했다.

저녁에 엄마에게서 또 전화가 왔다. "생각해봤는데, 아무래도 침대에 손잡이는 안 다는 게 좋겠어. 보기가 흉할 것 같아."

엄마는 벌써 부지런히 계획을 세우고 우선순위를 정하고 있었다. "있잖아, 꼬마 소시지가 있는데, 그건 꼭 배달시켜야 해."

그렇다, 음식! 전화기를 제외하면 음식이 대화주제 넘버원이다. 엄마는 완두콩스프가 맛있다며 많이 먹었고 약 10분 뒤에 트림을 아주 크게 했다.

"오해 마, 이건 항암치료 때문이야."

"완두콩스프 때문인 것 같은데?"

"그런가? 아무튼 항암치료 받고 5일째 되는 날 주로 그걸 먹어."

엄마가 갑자기 주제를 바꿨다. "그래도 요양원에 있으면 좋은 게 하나 있긴 해. 돈 쓸 일이 없잖아."

당시 나는 4개월 만에 엄마 돈 7,000유로를 썼다는 얘기를 하지 않았다. 그런 얘기는 재정담당인 동생이 하는 게 나았다. 어차피 그 돈을 집행한 사람도 그였으니까.

엄 마 에 게
광 팬 이 생 겼 다

같은 날 저녁 휴대전화가 울렸다. 암전문의 메르츠 박사였다.

"어머니께서…."

이런, 무슨 일이 생겼구나, 나는 생각했다. "뭐가 잘못 되었나요?"

"… 꼭 다시 오셔야 합니다." 의사가 말을 이었다. "아주 특이한 케이스에요. 아, 어떻게 설명을 해야 할지…, 하여튼 정말 대단해요. 병원 전체가 온통 어머니 얘기뿐이에요. 아주 감동적이에요. 최고 중에 최고는 역시 치료가 아주 잘 되었다는 겁니다. 상처가 작아졌어요. 곧 수술을 받아도 될 것 같습니다. 이제 외과

의사가 봐야 해요. 제가 진료예약을 해두겠습니다."

나는 너무 놀라 할 말을 잃었다. 암전문의가 엄마의 광팬이 되었다!

메르츠 박사는 열광했다. "트라우테 씨가 건강해져 이제 암센터에 오지 않을 걸 생각하니 벌써 아쉽네요. 암환자들은 종종 슬픔에 빠져 있는데, 트라우테 씨가 다시 건강해진 얘기를 듣고 희망을 가집니다. 그것이 긍정적인 효력을 내고요. 뿐만 아니라 트라우테 씨는 아주 유쾌한 분이시죠. 어찌나 말을 재밌게 하시는지. 아시겠지만 웃음은 치료에 큰 도움이 됩니다! 트라우테 씨는, 노인을 성급하게 포기하면 안 된다는 교훈을 주는 최고의 사례에요. 치료해봐야 소용없다, 이런 생각을 섣불리 해선 안 됩니다. 트라우테 씨가 처음 암센터 대기실에 앉았던 모습이 눈에 선하네요. 그때는 아주 가련한 할머니셨는데 이제는 보행보조기를 밀며 씩씩하게 복도를 행진하니 정말 대단합니다. 엄지척입니다! 곧 다시 연락드리겠습니다."

메르츠 박사는 전화를 차마 끊지 못하고 감탄을 반복했다. "세상에 이건 정말이지… 멋져요. 정말 대단해요. 이제 정말 끊겠습니다. 안녕히 계세요."

나는 놀라서 멍하니 전화기를 봤다. 대박. 엄마한테 광팬이 생겼다. 메르츠 박사는 확실히 엄마의 거친 농담을 좋아했다.

나는 엄마에게 화를 냈고
엄마는 미안하다고 말했다

마침내 결과가 나왔다. 예상대로 1등급 신청은 거부되었다. 요양원 규정상 엄마는 그 달 말까지 요양원을 떠나야만 했다. 엄마는 우울했다.

"1등급을 받을 줄 알았는데. 나는 앞도 잘 못 본다고. 오늘은 특히 더 침침하네." 엄마가 불평했다.

"맹인이라도 1등급을 못 받을 수 있어, 엄마." 내가 설명했다.

"그렇다면야….'

"그런데 엄마는 왜 그렇게 1등급을 받고 싶어 했어?" 내가 물었다.

"돈 때문이지." 엄마는 엄지와 검지를 비비며 말했다.

"맙소사, 그거였구나. 엄마, 이제 집으로 돌아갈 수밖에 없어. 솔직히 엄마도 요양원보다 집이 더 좋잖아, 안 그래?"

"그렇긴 해. 하지만 도움이 필요한 것도 맞아." 엄마가 시무룩하게 말했다.

"걱정 마, 우리가 알아볼게." 나는 엄마를 안심시켰다.

며칠 뒤 우리는 부인과에 진료예약을 잡았다. 엄마의 가슴을 다시 검사해 수술해도 되는지, 된다면 언제가 좋을지 결정해야 했다.

이제 마지막으로 구급차가 와서 엄마를 요양원에서 병원으로 이송했다. 나는 시간 내기가 어려워 직장에서 바로 병원으로 가기로 했다.

엄마는 벌써 진료실 앞에 앉아 있었다. 말끔한 재킷 차림으로, 없어선 안 될 보행보조기 옆에, 털모자와 선글라스를 쓰고, 눈에 확 띄는 주인공처럼.

우리는 호명을 받고 진료실로 들어갔다. 의사가 아주 친절하게 설명했다. 트라우테 씨는 이제 큰 문제없이 수술해도 되고, 상처도 아주 잘 아물었다. 암이 후퇴하긴 했지만 완전히 없어진 건 아니어서 오른쪽 유방과 림프절이 제거되어야 했다. 수술 뒤 일주일 정도 입원해 있어야 하고 그 다음에는 10회에서 20회 정도 방사선치료를 받으러 와야 했다.

"크게 걱정하실 건 없어요." 의사가 엄마에게 설명했다. "전망이 아주 좋습니다. 암 때문에 수명이 주는 일은 없을 겁니다."

나는 엄마를 건너다봤다. 엄마는 건성으로 고개만 끄덕이다 갑자기 지갑을 뒤지기 시작했고, 방사선치료를 어디서 받으면 되는지 설명하는 의사에게 불쑥 환자이송서비스 명함을 내밀었다.

"구급차로 곧장 요양원으로 갈 수 있게 조치해주세요." 엄마가 말했다.

내가 얼른 끼어들었다.

"엄마, 그건 의사선생님이 하실 일이 아니야. 환자이송신청은 내가 나중에 전화로 할게. 지금은 선생님 얘기에 집중해."

의사의 치료 설명보다 요양원으로 데려다 줄 차량에 더 신경을 쓰는 엄마 때문에 나는 화가 나서 미칠 지경이었다.

엄마는 수긍하고 의사의 설명을 계속 들었지만, 잠깐 쉴 때 다시 물었다. "그나저나 누가 날 태워다주는 거야?" 지금까지 병원을 오가는 데 한 번도 문제가 없었음에도, 엄마는 누가 데리어오고 데려다 줄 건지에 온정신이 팔려 있었다.

진료실을 나오자마자 나는 엄마에게 화를 냈다. 엄마는 고개를 끄덕이며 미안하다고 말했지만, 그러는 동안에도 계속 환자이송서비스 명함을 만지작거렸다. 나는 하마터면 엄마에게서 명함을 빼앗아 먹어버릴 뻔했다.

신학을 공부하는 큰아들 헨리가 내게 인내심을 키우라고 충고했다. "할머니는 아마 수술이 겁나셨을 거야. 아빠도 알다시피 할머니는 뭔가 다른 걸 앞에 내세워서 두려움을 감추잖아. 그러니까 그럴 때 아빠가 조금 더 마음을 넓게 가져야 해."

나는 큰아들이 자랑스러웠다. "알았어." 내가 대답했다. "하지만 의사가 중요한 얘기를 하는데 자꾸 환자이송에 대해 물으니까 순간적으로 그만⋯."

"⋯그럴 때일수록 찬찬히 친절하게 설명하고 다시 중요한 주제에 집중하도록 이끌어야지. 아빠가 할머니 보호자잖아. 보호자답게 잘 인도해야지." 헨리가 말했다.

확신하건대, 헨리는 좋은 목사가 될 것이다. 다만, '왕좌의 게임'을 적당히 봤으면 좋겠다. 그러다가 나중에 제 아비만큼 화를 잘 내는 사람이 될까 걱정되기 때문이다.

의사 양반,
나는 매일 아침 7시에 똥을 싸야 해

이틀 뒤 토요일. 내 생일이었다. 엄마가 아침 7시쯤 전화해 우리를 깨웠다. 통화는 짧게 끝났다. 엄마는 11시에 또 전화했다. "아까는 너무 일렀지? 그래도 반가웠지?"

"응, 엄마. 아~주."

일주일 뒤에 엄마는 수술을 받았다. 수술은 잘 끝났다. 엄마는 수술 당일에 벌써 마취에서 깨 대화를 나눌 수 있었다. 엄마는 2인실을 썼는데, 옆 침대 할머니는 엄마와 아주 잘 통했다. 두 분은 같은 암으로 같은 날 수술을 받았다. 그것이 둘을 엮어주었다. 게다가 두 분은 똑같이 변비를 앓았고 내가 있건 없건 거침없이 화장실 얘기를 나눴다.

"대방출!" 엄마는 화장실을 나오며 마치 점포정리 세일 광고하듯 외쳤다.

"재밌잖아. 당신도 농담 삼아 화장실 얘기 자주 하면서 그래." 나중에 아내가 말했다. 하긴, 아내 말이 맞다. 변비와 관련된 최고의 농담은 대략 다음과 같다.

"의사양반, 나는 매일 아침 7시에 똥을 싸야 해."

"그거 아주 좋은 일이네요." 의사가 대답했다. "뭐가 문제죠?"

"눈 뜨면 늘 8시라 문제야."

그저 놀고먹기에는 너무 늙었고,
희망 없이 살기에는 너무 젊다

4 부

할 머 니 는
진 짜 못 말 려

- 손자의 병문안

며칠 뒤에 헨리가 할머니 병문안을 갔다. 그는 집으로 가는 길에 우리에게 잠시 들렀다. 병원에서 있었던 일을 빨리 우리에게 전하고 싶었기 때문이다. 헨리의 얘기를 옮기면 다음과 같다.

내가 병실로 들어갔을 때, 할머니는 그냥 의아한 표정으로 나를 빤히 보더니 욕실을 가리켰다. "저 안에 있어! 아주 오래 걸릴 거야!" 옆 침대 할머니가 화장실에 있다는 뜻이었다. 그게 나랑 무슨 상관이냐고 물어보려는 찰나, 할머니가 나를 못 알아본다는 걸 알아차렸다.

"저예요, 할머니. 헨리."

"아하, 헨리! 할머니 보러 왔구나. 착하기도 하지."

그런 다음 할머니는 눈이 나빠져서 잘 안 보인다고 말했다.

"저런, 어쩐대요. 심심할 때 읽으시라고 잡지를 가져왔는데."

"괜찮아. 그 정도는 아직 읽을 수 있어." 할머니가 말했다. 나는 할머니가 곧 그 유명한 유행어를 말할 거라 기대했다. "올라가는 건 문제없어!"

그런데 할머니는 내게 몇 살이냐고 물었다.

"스물다섯이에요, 할머니."

"스물다섯? 그렇게 나이 많은 손자는 싫은데!"

이어서 할머니는 수술 자리에 연결된 림프액 주머니를 자랑스럽게 보여주었다. 몸에 엉켜 있던 호스들 때문에 시간이 좀 오래 걸리긴 했지만.

그때 화장실에서 옆 침대 할머니가 나왔다. "어떻게 됐어? 성공?" 할머니가 물었다.

"아니!" 옆 침대 할머니가 대답했다.

그런 다음 할머니는 노인들에게 '잘 먹고 잘 싸는 게' 얼마나 중요한지 길게 설명했다. 할머니는 확실히 자유분방해진 것 같았다. 할머니에게 들었는데, 아침에 샤워할 때 욕실 문을 열어 놓은 적이 있었단다. 문을 닫고 씻다가 넘어지기라도 하면 아무도 도와줄 수 없겠다는 생각이 들었기 때문에. 그런데 하필이면 그때 과장의사가 흰 가운 부대를 이끌고 회진을 왔다.

"의사들이 아주 뜨악한 표정으로 나를 보더라." 할머니가 웃으면서 얘기했다. "좀 창피하긴 했지." 할머니가 끝에 덧붙였다.

나는 대학에 볼일이 남아 서서히 떠날 채비를 하는데, 할머니가 아주 진지하게 말했다. "명심해. 진짜 열심히 공부해야 한다!"

그때 간호사가 들어와 커피를 치워도 되겠냐고 물었다.

"아직 남았는데."

"그럼 그냥 둘까요?"

"아니, 치워. 맛없어서 못 마시겠어."

"그럼 커피는 왜 주문하셨어요?"

"그냥. 그러면 안 돼?"

"트라우테 씨, 집에 가시면 커피가 다시 맛있을 거예요."

간호사가 나갔다.

할머니는 간호사 뒤통수에 대고 외쳤다. "집에서는 내가 직접 타니까 당연히 맛있지!"

"할머니! 할머니는 왜 그렇게 간호사에게 불친절하세요?"

할머니는 내 질문을 무시한 채 말했다. "집에서는 항상 네스카페를 마셔."

"인스턴트커피?"

"그래, 그게 맛있어. 여기 커피처럼 밍밍하지도 않고."

헤어질 때 할머니가 내게 눅눅해진 과자를 억지로 쥐어주었다. 커피하우스에서 커피랑 같이 나오는 비스킷이었다. "맛대가리가 하나도 없어." 할머니가 말했다. 그럼 나도 먹기 싫다고 말했지만 할머니는 내 말을 무시하고 막무가내로 과자를 주셨다. 나는 예의상 과자를 받아왔다.

"할머니는 진짜 못 말려." 헨리가 고개를 저으며 말했다. "다음 주에 또 갈 거야."

다시
내리막길

며칠 뒤 이른 아침에 엄마에게서 전화가 왔다. "어제 죽다 살았어."

나는 당연히 깜짝 놀라 병원으로 달려갔다. 엄마는 기운 없이 침대에 누워, 어제 피가 안 돌아 죽다 살았다고 했다. 그 이상은 설명하지 못했다. 나는 간호사실로 갔고 다행히 담당의를 만나 설명을 들었고 비로소 안도했다.

엄마는 변비를 호소했고 결국 변비약을 받았다. 역시 변비로 고생하는 옆 침대 할머니도 함께. 두 분은 누가 먼저 배출하나 내기를 했고 옆 침대 할머니가 이겼다. 저녁쯤에 대장이 뻥 뚫렸다! 엄마는 한밤중이 되어서야 비로소 효과가 나타났다. 그러나 나중에 알게 된 것처럼 부작용이 있었다. 엄마는 회벽처럼 하얘져서 화장실에서 나왔고 힘겹게 숨을 몰아쉬며 침대에 누웠다. 옆 침대 할머니가 급히 간호사를 불렀고 간호사가 의사에게 알렸고 곧 엄마의 혈액순환은 안정되었다. 의사가 말하기를, 상태가 안 좋았던 건 맞지만 '죽다 살아난' 정도는 아니었다고 한다.

잠깐의 혈액순환 장애는 흔적을 남겼다. 엄마는 다시 쇠약해졌고 정신도 혼미해 보였다. 그럼에도 엄마는 수술을 아주 잘 이겨낸 것 같았다. 며칠 뒤에 우연히 읽게 된 〈차이트〉 기사가 엄마의 상태를 이해하는 데 도움이 되었다. '수술 성공, 하지만 정신은 오락가락'이라는 제목 아래 기자는 수술 후 입원기간에 노인에게 생길 수 있는 극적인 결과들을 설명했다. 정신이 말짱했던 환자가 수술 후 2주간 입원해 있는 동안 치매기를 보일 수 있다. 왜 그럴까? '섬망' 때문이었다. 수술 뒤의 강한 착란 상태를 의사들은 그렇게 부른다.

기자가 묘사한 모든 증상이 엄마와 일치했다. 시간감각 상실, 방향감각상실, 심한 감정기복. 누구나 수술 스트레스 이후 이 모든 증상을 겪을 수 있다. 젊은 환자의 경우 대부분 증상이 금방

사라진다. 그러나 나이든 환자의 경우 섬망상태가 극적인 결과를 초래할 수 있고, 설령 수술이 성공했더라도 전체적인 몸 상태가 지속적으로 악화될 수 있다. 뿌리를 잃은 기분이 들고 겁이 많아지고 버림받아 위험에 처한 느낌이고 때때로 급격하게 쇠약해진다. 그러면 가족들은 환자 주변에 모여 근심만 할 뿐 어찌할 바를 모른다. "도대체 할머니에게 무슨 일이 생긴 거지? 수술이 아주 잘 끝났는데 어째서 더 병약해 보이는 거야?" 섬망은 약물로 치료할 수 없다. 그러나 환자에게 스트레스를 주지 않고 섬세하게 돌보며 여유롭게 기다려 준다면 증상이 완화될 수 있다. 애석하게도 우리 사회의 병원에서 기대하기 어려운 태도다.

나는 누나와 동생에게 〈차이트〉 기사에 대해 얘기했고 우리는 기사의 조언을 명심하여 여유, 이해심, 친절로 엄마를 대하자 다짐했다. 그리고 정말로 효과가 있었다. 우리가 부드럽고 이해심 많게 대할수록 엄마는 점점 더 건강해졌다. 그러나 며칠이 걸릴 만큼 아주 더뎠다. 그리고 때때로 재발했다. 한번은 동생이 병문안을 다녀간 뒤 엄마가 내게 전화했다.

"엄마다. 케스터가 나 때문에 화가 많이 났어."

"엄마, 내가 케스터야."

"그래, 나도 알아."

"그리고 나는 화가 안 났어. 엄마랑 얘기도 안 했는데 뭣 땜에 화가 나."

"그렇지."

"엄마가 대화한 사람은 게랄트야. 나는 케스터고."

"거 봐, 내 말이 맞잖아. 케스터가 나 때문에 화가 났잖아."

젠 장,
나 도   늙 겠 지 !

　　아버지의 죽음, 엄마의 유방암, 엄마의 늙음. 이 모든 일을 계기로 나는 나의 늙음에 대해서도 깊이 생각해보게 되었다. 나는 이제 58세다. 솔직히 나는 지금까지의 인생에 이렇다 할 불만이 없다. 나 역시 중년의 위기를 겪었지만 잘 이겨냈고, 26년째 행복한 결혼생활을 하고 있고, 건강하고 멋진 아들이 둘이나 있고, 좋은 친구들이 있고, 직업도 만족스럽다. 뭘 더 바라겠는가. 글쎄, 나는 무엇을 더 바랄까? 내가 바라는 건 그저 모든 것이 지금처럼 유지되는 것이다. 그러나 옛날 사진과 지금 거울 속 나를 비교해보면, 시간의 톱니자국이 확연히 보인다. 주름진 거친 얼굴과 축 처진 눈 밑 지방이 정말 내 것인가, 도저히 믿기지 않을 때도 있다.

나는 내일모레면 환갑이다. 더는 젊은이가 아니다. 내가 아무리 마음만은 아직 30대 중후반이고, 머리가 아직 굳지 않았고, 여전히 철부지처럼 살더라도, 늙는 건 어쩔 수 없다. 그러나 누구나 유지하고 싶은 젊은 감각과 유연성은 확실히 중요하다. 그러기가 쉽지 않기 때문이다.

아내와 나는 완전히 속물이 되진 않았지만 이미 눈에 띄게 편한 걸 추구한다. '노인성 귀차니즘'이 슬금슬금 세력을 키웠다. 나는 이런 변화를 이미 오래전부터 친구들에게서 목격했다. 나는 나이가 들수록 점점 더 행동이 굼떠지고 마음도 약해졌다. 이 과정은 지금도 계속된다. 이 모든 과정을 '노인성 나태' 혹은 '노인성 약화'라고 불러도 좋겠다.

시나브로 찾아온 부모님의 늙음이 이제 나와 아내에게도 전염되었다. 생활이 점점 더 말랑말랑해졌다. 저녁으로 우리는 부드러운 재즈 음악을 듣는다. 아침에는 클래식 채널에서 흐르는 부드러운 라르고 음악에 잠을 깬다. 영화관에서 '기분 좋은' 영화를 보고 심지어 최근에는 텔레비전 로맨틱 드라마에 빠져 살았고 그걸 절대 창피하게 생각하지 않았다. 금요일에는 토크쇼를 보며 와인 한두 잔을 마신다. 주중에는 용기 내서 생강차를 마신다. 우리는 클럽이나 록콘서트에 가는 대신 친한 친구들을 만난다. 돌아가면서 요리를 준비하고 서로 와인을 추천한다. 예전에 젊었을 때는 소위 '샤또 해골'이라 불렸던 2리터짜리 싸구려 와인을 마셨다면, 이제는 유기농 스테이크에 부르고뉴 꼬뜨 샬로네즈가 좋을지 아니면 역시 남부티롤산(産) 라그레인이 좋을지 토론한다. 오해를 막기 위해 밝히건대, 나는 젊었을 때부터 원래 이런 저녁을 좋아했다. 우리는 먹고 마시며 즐거운 시간을 보낸다. 나는 이런 시간을 사랑한다. 이런 저녁에는 또한 약간 혀 꼬부라진 소리가 주는 편안함이 있다. 우리는 세상과 담을 쌓지 않는다. 다만, 스트레스를 피할 뿐이다.

나는 예전보다 지금 부모님을 더 잘 이해한다. 조용히 다가온 노인성 귀차니즘을 이기려면 무엇보다 기운이 있어야 한다. 우리는 여전히 밖에서 데이트를 즐기지만 가능한 한 힘이 덜 드는 코스를 택한다. 어떤 일을 해보기도 전에 미리 싫다고 거절하는 횟수가 점점 늘어나고 있다. "세상에 연극을 세 시간이나 해? 싫어, 너무 힘들어." "닐 영 콘서트에 오프닝 공연이 있다고? 그럼 안 갈래. 콘서트 시간이 너무 길어. 그냥 CD로 듣는 게 편하겠어. 그의 거친 밴드 '크레이지 호스'와 연주한 거 말고 아주 아름답게 계속 애원하는 〈하비스트〉 같은 곡이 좋아."

　나는 그냥 편하게 집에서 쉬고 싶을 때가 많지만 애써 게으름을 극복한다. 그리고 다행히 아직까지는 능동적으로 뭔가를 맡아 하는 게 즐겁다. 밤 11시면 죽도록 피곤할 때가 많더라도. 식사 초대를 받은 경우는 피로와 함께 불쾌감도 살짝 남는다. 나는 지루함을 극복하기 위해 항상 말을 많이 하게 된다. 그것이 내게 활기를 주지만 나중에 돌아오는 차에서 나는 후회한다. 내가 또 남의 얘기는 안 듣고 내 얘기만 계속 늘어놓았음을 깨닫기 때문이다. 나는 또한 친절하게 표현해서 몸이 예전 같지 않다. 아내와 나는 노화를 늦추기 위해 정기적으로 열심히 달린다. 그리고 허리가 자꾸 아파서 비싼 로잉머신도 샀다. 나는 일주일에 세 번 25분씩 로잉머신을 탄다. 로잉머신에 앉아 땀을 흘리며 생각한다. 한 늙은이가 로잉머신에 앉아 악으로 깡으로 분노의 노를 젓는구나. 그런 생각을 하면서 나는 더욱 열심히 노를 젓는다.

　현재 직장 동료들은 바야흐로 대부분 나보다 젊고 내 또래 동료들은 벌써 조기퇴직을 계획한다. 나는 그런 계획을 상상하기도 싫다. 나는 최대한 오래 사람들과 부대끼며 살고 싶다. 조기퇴직이든 정년퇴직이든 퇴직 자체를 상상하기 어렵다. 그러나 그날은 점점 다가오고 있다. 멈출 수도 없고 피할 수도 없다.

최근 몇 년 동안 나는 병원에서 의사들과 많은 얘기를 나눴고 또한 호스피스 병원에서 많은 시간을 보냈기 때문에 어쩔 수 없이 '나는 어떻게 죽고 싶은가'를 자주 생각하게 되었다. 지금까지는 이런 생각들을 어느 정도 성공적으로 밀어낼 수 있었다. 그러나 아내는 나와 완전히 다르다. 아내는 호스피스 교육을 받았고 죽음과 관련된 주제를 매우 적극적으로 다룬다. 아내 말로는, 그렇게 하면 자신의 유한성을 초연하게 받아들이는 데 도움이 된단다.

나는 어떻게 죽고 싶은가? 아마 모두가 같은 생각일 터인데, 나는 고통 없이 즉사하는 게 제일 좋다. 죽을 걸 미리 알고 싶지 않다. 아내는 나와 다르다. 아내는 반드시 작별인사를 하고 죽고 싶고, 죽기 전에 스스로 삶을 정리할 수 있기 바란다. 이해는 되지만 그럼에도 나는 어쩐지 갑작스런 죽음이 더 맘에 든다. 착 그리고 끝! 그러나 갑작스러운 죽음 역시 간단한 문제가 아니다.

사실 어느 누구도 죽음을 제대로 계획하고 준비할 수 없다. 그러나 호스피스 병원에서 죽음을 맞은 아버지와 장모님을 보면서 죽음에 대한 나의 두려움이 약간 줄었다. 두 분이 전체적으로 고통 없이 평온하게 생을 마감했기 때문이다. 이렇듯 오늘날에는 아무도 더는 고통스럽게 혹은 병원에서 홀로 앓다가 죽지 않는다. 가족이든 친척이든 그 누군가가 제때에 모든 걸 준비한다.

아무튼 나는 사전의료의향서를 작성해 인공호흡으로 생명을 연장하지 않겠다는 의향을 명확히 밝혀두었다. 그리고 죽음을 준비할 수밖에 없다면 나는 호스피스 병원에 가고 싶다. 부모님과 장모님의 운명을 보면서 한 가지는 명확해졌다. 그냥 늙는 것은 그 자체로 아무 가치가 없다. 늙는 과정에서 어떤 감정을 갖느냐가 언제나 중요하다. 할 수 있는 일이 점점 줄고 기댈 곳이 없고 아프기까지 한다면 누구든지 지칠 수밖에 없다. 바로 우리 엄마가 현재 그것을 겪고 있다.

엄마의
퇴원 위협

동생에게서 전화가 왔다. 동생이 어처구니없는 이야기를 들려줬다.

엄마 집에 잠시 들렀는데, 자동응답기가 깜빡이더란다. 병원에서 메시지를 남긴 것이다. 엄마가 곧 퇴원할 예정이고 그 사실을 미리 알리는 내용이었다. 정말 대단한 서비스다! 우리는 병동 담당의와 부인과전문의에게 엄마의 사정을 명확히 설명했었다. 엄마가 혼자 살고 그동안 요양원에 있었지만 더는 거기에 머물 수가 없게 되어 퇴원하면 몇 달 만에 다시 집으로 가는 거라고. 그리고 우리 삼남매의 전화번호를 연락처로 남겼음에도 병원은 굳이 환자의 빈 집에 전화를 걸어 환자가 퇴원할 거라는 전혀 쓸모없는 소식을 자동응답기에 남겼다. 엄마한테는 아직 집 열쇠조차 없었다. 몇 군데 손을 봐야 했기 때문에 다른 사람들이 집 열쇠를 갖고 있었다. 자동응답기하고만 통화한 의사는 요양원에도 전화해 엄마의 퇴원을 알렸다. 엄마가 요양원을 나와 다시 집으로 돌아가게 됐다는 걸 의사는 미처 생각하지 않았던 것 같다.

동생과 나는 기가 막혔다. 수술 전 면담 때 우리는 분명 의사와 약속했었다. 엄마가 수술 후 회복할 때까지 병원에 입원해 있을 것이고 퇴원할 때가 되면 그때 다시 앞으로의 일정을 의논하기로. 이제 그 모든 약속이 소용없게 되었다.

중요한 건 이 시점에 우리는 구체적으로 아는 것이 없었다. 엄마의 상태가 어떤지, 수술 자리가 잘 아물었는지 아무것도 몰랐다. 엄마가 방사선치료를 받아야 하는지, 받는다면 언제 어디서 받아야 하는지 우리는 몰랐다. 또한 앞으로 엄마를 누가 담당하는지도 몰랐다. 엄마가 앞으로 무슨 약을 복용해야 하고 누가 처방하는지도 몰랐다. 물론 이 모든 것이 병원의 의무라고 말할 수는 없다. 그러나 그냥 간단히 퇴원통보로 끝내지 않고 면담을 통해 앞으로의 방향을 설명해주었더라면 훨씬 좋았을 텐데….

엄마와 통화한 후 알게 된 것처럼, 엄마의 정신이 오락가락해서 제대로 대화하기는 불가능했다. 엄마가 설명하기를, 누군가 새로운 사람이 와서 엄마를 검사하고 돌보고, 엄마의 표현을 그대로 옮기면 '주물럭거렸고' 곧 퇴원할 거라고 알렸단다. 그러나 그게 누군지는 구체적으로 모르겠고 이렇다 할 설명도 없었단다. 엄마는 몹시 불안해했다.

엄마가 너무 쇠약해지고 정신도 오락가락하고 가망이 없어서 병원이 서둘러 퇴원시키려는 걸까봐 나는 두려웠다. 슬프지만 병원운영방침의 인상적인 변화를 나는 체감했다. 예전에는 의사들이 '의학적 관점'에서 가능한 한 환자를 오래 입원시켰다. 성급한 퇴원은 무책임한 것으로 통했다. 내가 느끼기에 오늘날에는 병원이 환자들을, 특히 보험환자들을 너무 일찍 퇴원시킨다. 병원비 완납이 확인되자마자 의지할 곳 없는 힘없는 환자를 집으로 돌려보낸다. 그걸로 끝이다. 나는 척추 수술을 받았었는데 그때 이른 퇴원의 문제를 몸소 체험했다. 나는 집에서 통증 때문에 죽을 것 같았다. 결국 아내가 병원에 전화했고 기가 막힌 얘기를 들었다. 어머나! 진통제 처방을 깜빡했네요. 죄송해요.

엄마의 퇴원 위협을 우리는 어떻게 극복해야 할까? 일단 아무엇도 안하기로 했다. 어차피 퇴원 통보를 받은 건 자동응답기지 우리가 아니니까. 그 후 무슨 일이 있었을까? 아무 일도 없었다. 가족이 나 몰라라 아무것도 하지 않으면 병원 역시 아무것도 하지 않는다는 가설이 다시 한 번 증명되었다. 아무튼 엄마는 금요일에도 퇴원하지 않았다. 우리는 적어도 월요일까지는 안심할 수 있겠다 생각했다.

나는 토요일에 엄마를 보러 갔다. 엄마가 반가워했다. 하지만 큰 한 방이 뒤따랐다. "월요일에 퇴원하래." 엄마가 근심어린 목소리로 말했다. 나는 말없이 고개만 저었다. 여전히 침대에 주머니가 달렸고 수술 자리에서 나오는 림프액이 여전히 그 안으로 방울방울 떨어졌다. 병원은 이런 상태의 환자를 그냥 집으로 보내겠다는 건가? "내가 알아볼게." 나는 서둘러 간호사실로 갔다. 몇 번의 오락가락이 있은 후 마침내 모든 게 확연해졌다.

자동응답기에 메시지를 남긴 멍청한 의사는 엄마가 다시 요양원으로 가지 않고 집으로 갈 수밖에 없다는 걸 몰랐다. 나는 모든 정황을 이해했다. 의사는 분명 엄마가 요양원에서 상처를 치료받고 휴식을 취하며 원기를 회복할 수 있을 거라 생각했을 것이다. 그러나 집에서는 그렇게 하기가 힘들었다. 나는 담당의와

담판을 지었다. 나는 월요일에 병원 사회복지과와 의사들에게 문의하여 누가 언제 무엇을 담당할지 알아보고 퇴원준비를 하고, 그때까지는 엄마가 무조건 병원에 입원해 있기로 했다. 나는 안도의 숨을 내쉬었다. 마치 사형집행기한을 잠정 연기한 사람처럼.

병약한 노인의 가족이라면 명심하시라. 병원에 입원할 때는 다음과 같이 적은 종이를 병원에 제출하시라. "우리 어머니는 독거노인입니다. 혹시 퇴원시킬 거면 반드시 아래 보호자 전화번호로 미리 알려주시기 바랍니다. 그래야 필요한 준비를 할 수 있습니다. 또한 집이 현재 수리 중이기 때문에 어머니는 집 열쇠도 없습니다." 열쇠가 없다는 것이 아주 효과적일 것이다. 환자를 그냥 집 앞에 버려두고 가진 못할 테니까.

엄 마 홀 로
집 에

일요일에 헨리가 다시 할머니를 보러 갔다. 그 사이 엄마는
컨디션이 약간 좋아졌고 심지어 손자에게 다시 누군가를 흉볼
수 있었다. 엄마는 헨리의 신학공부에 이중적인 태도를 가졌다.
한편으로는 이웃에게 첫째 손자가 목사가 될 거라 자랑하면서도
다른 한편으로는 기독교와 교회를 그다지 좋아하지 않았다. 특
히 예배가(물론 어쩌다 한 번씩 가지만) 아주 지루했다. 한번은 크리
스마스에 동생 가족과 교회에 갔었는데, 다녀온 뒤 엄마는 옆자
리에 앉았던 어떤 여자 때문에 무척 화가 나 있었다. "그 멍청한
여자는 찬송가를 죄다 따라 불렀어." 엄마가 헨리에게 불평했고

예비 목사는 이런 비난에 제대로 답할 수가 없었다. 그것은 마치 콘서트에 가서 가수의 노래를 따라 부르는 팬을 비난하는 것과 같았기 때문이다. 부모님은 두 분 모두 원래 부끄러움이 많았었다. 특히 아버지는 낯선 환경에 가면 재빨리 사람들을 스캔해 맘에 안 드는 누군가를 찾아내고 그 사람을 신랄하게 욕하는 것으로 자신의 불안감을 달랬다. 당연히 엄마도 즉시 동참하여 같이 욕했다. 우스꽝스러운 바지, 촌스러운 헤어스타일, 듣기 싫은 목소리, 못생긴 반려견 등, 욕할 것이 무궁무진했다. 무엇을 욕하느냐는 상관없었다. 중요한 건 두 분이 누군가를 욕할 수 있다는 것이다. 그러면 두 분은 기분이 좋아졌다. 엄마는 아버지 없이도 이 기술을 유지했다. 엄마가 이제 외출을 거의 하지 않기 때문에 가까이 사는 이웃이나 텔레비전에 나오는 사람들이 엄마의 욕받이가 되어야 했다. 한번은 가련한 뉴스앵커가 헤어스타일과 '주둥이' 때문에 엄마의 욕 폭격을 받아야 했다. 그가 직접 듣지 못해서 정말 다행이다. '바람 빠진 쿠션'처럼 생겼다는 말을 기분 좋게 듣지는 못하리라.

다음 날 월요일에 병동 담당의가 전화했다. 엄마가 이틀 뒤 수요일에 퇴원해야 한다고 알렸다. 구급차가 엄마를 집까지 이송할 예정이었다. 나는 누군가 집에서 엄마를 기다리도록 조치해 놓기로 약속했다. 또한 그는 병원 사회복지과에 전화해서 환자를 돌보는 데 필요한 조언들을 들어두라는 충고도 잊지 않았다. 나는 충고를 따랐고 사회복지과 여직원은 천사처럼 많은 도움을 주었다. 천사는 적십자 간병서비스를 통해 상처 치료와 올바른 약복용을 준비하기로 했다. 천사는 그것을 이미 엄마에게 설명해두었다. 천사의 약속은 모두 훌륭하게 잘 지켜졌다. 엄마가 집에 도착하자마자 적십자에서 간병인이 파견되었다. 그리고 동생이 미리 신청해둔 식사배달서비스가 바로 이어서 초인종을 눌렀다. 완벽했다! 엄마를 돌볼 준비가 톱니바퀴처럼 딱딱 맞아떨어졌다!

그러나 엄마에게는 수리된 집이 살짝 낯설었다. "어디가 어딘지 모르겠다." 엄마가 불평했다. "염병할 물건들이 다 어디 박혀 있는지 다시 익혀야 해."

"금방 익숙해질 거야, 엄마." 우리는 엄마를 위로했다. "모든 게 흥미진진하지 않아?"

그럼에도 우리는 엄마가 집에서 정말로 잘 지낼 수 있을지 걱정되었다. 우리는 누나와 통화하고, 혹시 모르니 일단 돌봄을 받을 수 있는 시설을 찾아보기로 결정했다. 그리고 금방 찾아냈다. 그러나 금방 다시 실망해 풀이 죽었다. 어디든 1년에서 3년을 대기해야만 했다!

"어떻게든 될 거야." 동생이 말했고 이때 그의 표정이 약간 불안해보였다.

음식 얘기만 하는
엄마

며칠 뒤 나는 엄마와 다시 병원에 가야 했다. 수술자리를 살피기 위해 미리 잡아두었던 계획이었다. 엄마는 한편으로 꼼꼼한 의료서비스에 감동했고 다른 한편으로 또 외출해야 하는 것에 화가 났다. 그리고 당연히 엄마는 혼자 운전해서 갈 수 없었고 택시를 타고 가는 것도 힘들었다.

결국 내가 시간을 내서 오후 늦게 엄마를 태우러 갔다. 보행보조기를 트렁크에 싣고 엄마를 조수석에 앉혔다. 엄마는 얌전히 조수석에 앉아 있었지만 어쩐지 살짝 딴 세상에 가 있는 듯 보였다. 교차로에서 큰 사고가 났는지 사방에서 사이렌소리가 울렸고 경광등이 번쩍 거렸다. 교통경찰이 차량들을 사고현장에서 우회시키고 있었다. 하늘에서 구조헬기가 날아와 우리 바로 옆 주차장에 착륙했다. 영화의 한 장면 같았다. 평소 같았으면 좋은 구경났다며 흥분했을 초대박 사건이 코앞에서 벌어졌는데도 엄마는 그냥 멍하니 앉아 어제 먹은 음식에 대해 말하고 아침으로 빵에 딸기잼을 발라먹고 싶다고 했다. 문득 〈총알탄사나이〉가 생각났다. 경찰이 군중 앞에서 외친다. "가시던 길 그냥 가세요. 별일 아닙니다." 바로 그때 유조차가 돌진해 와 뒤쪽 건물이 통째로 불탄다.

엄마는 그 경찰처럼 행동했다. 헬리콥터 프로펠러 소음이 차 안으로 들어오자, 엄마는 목소리만 살짝 높일 뿐 아무런 반응 없이 하던 얘기를 계속했다. 지난 번 먹은 고기구이가 맛있었다고, 또 먹고 싶다고.

마침내 병원에 도착해 접수를 하고 대기실로 갔다. 부인과 병동에서는 엄마가 대장이었다. 엄마는 간호사들의 인사를 늠름하게 받았다.

"변비는 이제 괜찮아지셨어요?" 한 간호사가 물었다.

"죽죽 잘 나와!" 엄마가 대답했다.

나는 웃음을 참느라 힘들었다.

"왜 웃어! 얼마나 중요한 문젠데. 부끄러워할 일이 아니야."

간호사들이 웃으며 끄덕였다. 멋진 간호사들! 인체와 관련된 모든 일에 그들은 익숙하다.

엄마 이름이 금방 호명되었고 나는 밖에서 기다렸다.

엄마는 이제
머리뚜껑을 쓰지 않는다

엄마는 점차 회복되었다. 적십자 간병인이 매일 들러 붕대를 갈아주고 약을 챙겨주었다. 나는 엄마가 언제 다시 암센터에 가야하고 치료가 앞으로 어떻게 진행될지 알아보기 위해 메르츠 박사에게 전화했다.

그는 금세 다시 엄마의 팬 모드로 돌아가 열광하기 시작했다. "저야 가능하면 빨리 만나 뵙고 싶죠. 하지만 수술자리가 완전히 아물 때까지 아직 몇 주를 기다려야 해서 아쉽네요. 상처가 아물면 그때 방사선치료에 대해 의논합시다. 수술로 암세포를 완전히 제거할 수가 없어서 몇 차례 방사선치료를 받아야 하거든요.

방사선치료까지 성공적으로 끝나면, 암이 재발할 위험은 거의 없을 겁니다."

전체적으로 좋은 소식인 것 같았다. 몇 달 전만 해도 우리는 즉각적인 수술이 불가능한 분비성 유방암에 직면했었다. 그리고 이제 수술이 성공적으로 끝났다.

나는 의사가 한 말을 엄마에게 전했고 의사 말대로 별로 힘들지 않은 방사선치료만 몇 번 더 받으면 끝이라고 설명했다. "암센터까지는 어떻게 가?" 엄마가 물었다.

"걱정 마. 지금까지 그랬던 것처럼 내가 알아서 준비할게." 나는 천장을 바라봤다.

엄마는 이제 집에서 '머리뚜껑' 삐삐를 더는 쓰지 않았다. 긴 세월을 돌아 엄마는 다시 자연의 모습으로 돌아왔다. 엄마는 위층 사는 이웃에게도 가발 안 쓴 모습이 어떠냐고 물었단다.

"뭐라 그래요?" 내가 물었다.

"삐삐를 썼을 때가 더 낫다더라. 눈치 없는 영감탱이." 엄마가 대답했다.

하루하루 시간이 흘렀다. 적십자의 간병서비스와 식사배달서비스가 계속되었고 나와 동생은 자주 엄마를 방문했다.

이따금 엄마는 전화를 해서 상대방이 이름을 밝히면 "아, 너구나!"라고 말했다. 그런 다음 소소한 불평들을 늘어놓았다.

"오늘 5시쯤에 라디오가 저절로 켜졌어. 껐더니 15분 뒤에 또 켜지는 거야. 그래서 코드를 아예 빼버렸어."

혹은 이런 식으로.

"세탁기 뚜껑이 안 열려. 어차피 안 쓰니까 상관없긴 하다만."

혹은 이런 식으로.

"커피에 우유를 탔더니 맛이 엿 같아. 연유를 넣었어야 하는데."

혹은 이런 식으로.

"흑밀빵 싫어. 씹어도 씹어도 안 씹혀."

혹은 이런 식으로.

"오늘 소고기말이를 먹었는데, 맛이 어찌나 없던지 개도 안 먹겠더라."

혹은 이런 식으로.

"육회는 언제 또 먹을 수 있는 거냐?"

엄마가 전화하자마자 내가 적극적으로 관심을 보인 날도 있었다. 칸트가 다녀갔다는 걸 알았기 때문이다. 칸트는 엄마가 보고 싶어 그냥 잠깐 들렀단다.

"그래서? 주치의가 뭐래?" 내가 물었다

"암을 잘 이겨냈다며 감탄하더라. 칭찬이 이만저만이 아니었지."

"맞아. 엄마는 칭찬받아 마땅해."

"그래. 하지만 설사 때문에 여전히 기운이 없어."

"그렇긴 하구나. 그래도 알아서 와주니 고마운 일이지."

"아니야, 케일을 먹어서 그런 거야."

"아니, 엄마. 설사 말고 칸트 말이야."

"아, 칸트 박사! 그렇지 알아서 와준 거지. 개떡 같은 가방을 들고 다니긴 해도 친절한 사람인 건 맞아."

유머의
힘

웃을 수밖에 없는 기괴하고 코믹한 대화가 자주 있었다. 이때 최고는 역시 코믹한 오해로 인해 엄마도 우리와 함께 웃을 수 있었다는 점이다. 웃음은 힘든 상황을 더 쉽게 견디게 했다.

친구들과 얘기해보면 그들도 비슷한 경험을 했다. 예를 들어 무리엘은 그녀의 어머니가 지내는 요양원에서 커피를 마셨는데, 식당에는 약 200명이 앉았고 대부분이 치매환자였다. 요양원에 새로 부임한 원장이 입주자들에게 자기소개를 하는 시간이었다. 하지만 새 원장은 노인들에 대해 잘 몰랐다. 그는 쓸데없이 파워포인트로 자신의 '양로원 운영방침'을 설명했고 노인들은 그저 멍하니 원장을 봤다. 원장의 끝없는 설명 폭격을 제외하면 거의 유령 같은 정적이 흘렀다. 식당직원이 아주 조용하게 커피와 케이크를 내왔다. 원장의 연설을 방해하고 싶지 않았을 테니까. 하지만 노인들은 앞에 놓인 케이크를 보자마자 기다렸다는 듯이 신나게 먹기 시작했다. 포크 200개가 동시에 케이크 접시를 닥닥 긁었고 커피잔이 딸그락거렸다. 잔과 받침이 서로 부딪혔다. 원장의 목소리가 닥닥, 딸그락, 포크와 커피잔의 타악기 연주에 묻혔다. 결국 원장은 연설을 중단했고 좋은 교훈을 얻었다.

무리엘은 치매에 걸린 엄마와 나란히 앉아 커피를 마셨다. 한 할머니가 천천히 지나갔다. 그때 무리엘의 어머니가 할머니를 가리키며 "저 여자도 미쳤어"라고 말하고 키득키득 웃었다. 그런 다음 다시 커피와 케이크에 집중했다.

또 다른 친구 마르틴은 큰 보험회사를 다니는데, 오래 전에 정년퇴임한 나이 많은 어떤 직원은 알츠하이머에 걸렸고 지금도 매일같이 보험사로 출근한다. 노인은 아침 일찍 프런트에 와서 경비원에게 문자를 보낸다. 구내식당에서 점심을 먹고, 휴게실에 앉아 신문을 읽으며 지나가는 사람들에게 친절하게 인사한다. 커피를 마시고 오후 4시 30분경 외투를 입고 아내가 기다리는 집으로 퇴근한다.

회사 직원 대부분은 뭔가 조치를 취해야지, 치매에 걸린 노인을 그렇게 둬선 안 된다고 주장하지만 마르틴은 생각이 달랐다. 노인은 아무도 방해하지 않았고 자신의 옛날 일터에서 매일 행복하게 지냈으며 게다가 그의 아내는 하루 종일 조용히 쉴 수 있기 때문이다. 상황이 그러한데 뭐가 문제란 말인가. 노인은 회사를 위해 40년을 일했다. 그에게 출근을 허용하고 이 마지막 업무를 맡기지 않을 까닭이 없지 않은가. 나는 마르틴의 의견에 전적으로 동의한다.

자 식   때 문 에
익 숙 한   삶 을   살 아 온   부 모 님

　　엄마는 나를 볼 때마다 '우리 책'의 진행상황을 물었다. 그러
면 나는 집필 중인 내용 일부를 읽어주었다. 엄마는 흐뭇한 표정
으로 들으며 고개만 끄덕였다. 엄마는 특히 옛 추억을 떠올리게
하는 내용을 좋아했다. 그리고 한번은 엄마가 갑자기 자신의 옛
날 일화를 들려주었다. 엄마는 1934년에 태어나 유년기에 킬에
서 2차 세계대전을 겪었다. 해군기지가 있는 킬은 연합군의 집
중 폭격을 받았다. 엄마는 폭격의 밤, 시체, 붕괴, 위험에 대해 얘
기했다. 지금도 엄마의 기억 속에서 교회가 불타고 있다. 엄마는
사이렌의 울부짖음을 들었고 지하실이나 벙커로 긴급 대피해 온

가족과 이웃사람들이 어둠 속에서 히틀러와 나치당 때문에 벌어진 폭격소리를 들었다. 그들이 다시 밖으로 나오면, 그때마다 동네는 다른 모습으로 변해 있었다. 더 많이 무너지고 부서져 더 충격적인 모습으로. 길가에 시체들이 줄줄이 널브러져 있을 때도 많았다. 먹을 것이 늘 부족했고 그래서 정말로 배불리 먹은 적이 없었다. 고기는 사치였다. 어쩌면 이런 경험 때문에 엄마가 고기를 그토록 좋아하는 건지도 모르겠다. 엄마는 현재 늘 소화와 변비 문제로 힘들면서도 언제나 야채가 아니라 고기를 먹는다. 먹고 나면 속이 불편하다면서도 늘 소스를 듬뿍 올린 고기요리에 감자를 곁들여 먹는 걸 제일 좋아한다.

엄마는 전쟁 당시 단 한 번도 부모님과 떨어진 적이 없다. 반면 아버지는 어린이대피소로 보내져 부모와 떨어져 지내야 했고 당연히 아주 힘들었다. 장모님 역시 같은 경험을 했고, 내게 구더기와 유리조각이 섞인 형편없는 음식에 대해 얘기했다. 그런 음식이라도 참고 먹었단다. 배고픔이 역겨움보다 더 컸으므로.

지하실에 대피해 있더라도 엄마는 하나도 무섭지 않았단다. 엄마의 아버지, 나의 외할아버지가 철도경찰제복을 입고 곁에 있으면 든든했기 때문이다. 그러나 엄마가 결코 잊지 못하는 사건이 있었다. 1943년 외할아버지가 엄마보다 열 살 언니인 울라 이모를 집에 데려 온 사건. 엄마의 두 언니 울라와 잉게는 1930년대 말 나치독일 치하에서 어딘가로 불려가 하루 종일 일했다. 1943년 외할아버지가 울라 이모를 집에 데려왔을 때, 엄마는 자기 언니를 못 알아봤다. 몇 시간 전에 킬 근처에서 기차가 폭격을 맞았다. 철도경찰인 외할아버지는 업무용자동차를 끌고 사고현장으로 가서 다른 사람들과 함께 경상환자들을 병원으로 이송해야 했다. 그래야 구급차들이 조금은 수월하게 중상환자들을 병원으로 이송할 수 있기 때문이다. 외할아버지는 기차 밖에 쓰러져 있는 부상자들 옆을 지나다 문득 귀에 익은 목소리를 들었다.

"아빠!"

큰딸 울라의 목소리였다! 외할아버지는 몰랐지만 울라 이모는 폭격을 맞은 기차에 타고 있었던 것이다. 눈과 입을 제외한 얼굴 전체가 붕대로 감겨져있어서 외할아버지는 하마터면 자기 딸을 못 알아보고 그냥 지나칠 뻔했다. 울라 이모는 폭발과 함께 기차에서 내동댕이쳐져 얼굴에 유리파편이 박혔고 어깨를 다쳤다. 외할아버지는 딸을 다른 부상자들과 함께 차에 싣고 킬 대학병원으로 갔다. 그러나 그곳은 부상자들로 넘쳐났다. 크게 다친 부상자들도 많았다. 반송장에 팔다리를 잃은 사람들까지. 울라 이모는 이 광경에 큰 충격을 받았고 외할아버지는 딸을 집으로 데려가기로 결정했다. 그리고 외할아버지가 울라 이모를 데리고 현관에 섰을 때, 외할머니와 엄마 역시 자신의 딸과 언니를 못 알아봤다. 당연히 충격이 아주 컸다. 너무 큰 하얀 와이셔츠를 입은 붕대 감은 낯선 사람이 자신의 딸이라는 걸 알았을 때 외할머니는 정신을 잃었다. 외할아버지 손에는 울라 이모의 피투성이 옷이 둘둘 말려 들려있었다. 울라 이모는 가족 주치의에게 치료를 받고 회복되었다. 20년이 흐른 뒤에도 엄마는 종종 유리파편이 언니의 머리에서 아직 자라고 있는 게 아닐까, 걱정했다고 한다.

2차 세계대전은 엄마의 유년기를 지배했다. 엄마는 전쟁 말기를 아직도 생생히 기억한다. 발트해 해군최고사령부는 킬을 방어하지 않기로 결정했다. 그러니까 전투 없이 도시를 영국에 이양하기로 했다. 외할아버지는 이 소식을 전해 들었다. 그러나 1945년 5월 3일 하루 종일 귀를 찢는 총성과 폭발음이 들렸다. 그래서 사람들은, 소문과 달리 킬을 건 결전이 진행 중이구나, 생각했었다. 그러나 실상은, 도시에 있는 모든 무기와 대포가 영국 군에 넘어가지 않도록 모두 없애라는 명령이 떨어진 것이었다.

독일군은 항구에 있는 군함까지 폭파시켰다.

전쟁이 완전히 끝났다. 폐기물로 뒤덮인 500만 세제곱킬로미터의 도시에 50만 개 이상의 폭탄이 떨어졌다. 도시 건물 75퍼센트가 파괴되거나 부서졌다. 주민 8,000명이 죽거나 다쳤고 10만 명 이상이 거리에 나앉았다. 그러나 엄마의 가족은 살아남았고 비바람을 막아줄 지붕이 늘 있었다. 그들은 그냥 운이 좋았을 뿐이다.

엄마와 거실에서 이런 얘기를 나누는 시간이 참 좋았다. 이책이 엄마와 나를 새롭게 이어주었다. 엄마가 전쟁 경험을 내게 들려주는 걸 얼마나 좋아하는지 그리고 전쟁 경험이 엄마 세대에 얼마나 강하게 남아 있는지 깨달은 유익한 시간이었다.

엄마와 나는 또한 우리 모두의 인생을 획기적으로 바꿀 기회를 놓친 일화에 대해서도 얘기했다. 1970년대에 아버지는 NATO 대규모훈련을 준비하기 위해 캐나다로 파견되었다. 아버지와 몇몇 동료들이 매니토바 주에서 훈련에 필요한 모든 준비를 해야 했다. 그것은 아버지의 첫 번째 외국여행이자 첫 번째 비행기여행이었다. 나중에 아버지는 눈을 빛내며 캐나다, 도보여행, 인디언보호구역에 대해 설명했다. 아버지가 카우보이모자를 쓰고 짐빔위스키잔을 손에 들고 오두막 앞에서 찍은 사진이 있는데, 꼭 서부영화 주인공 같다.

내 생각에 아버지는 캐나다에서 가장 행복했을 터이다. 파견 근무가 끝났을 때, 부대교환의 일환으로 몇 년간 가족과 함께 캐나다에 눌러 살 기회가 주어졌다. 부모님은 진지하게 고려했다. 두 분은 이것을 안전한 틀 속에서 인생의 마지막 모험을 경험할 기회라 생각했다. 그러나 나와 동생이 강력히 거부하는 바람에 캐나다 이주가 무산되었다. 당시 우리는 18세와 15세였고 고향과 친구들을 떠나는 건 상상조차 할 수 없었다. 우리는 군인의 자식으로 겪어야만 했던 수많은 아픈 이사와 큰 환경변화가 지긋지긋했던 것이다. 우리끼리 남고 부모님만 가는 대안이 아주 잠깐 의논되었지만 결국 부모님이 포기했다.

두 분은 확실히 자식 때문에 좋은 기회를 놓쳤다. 다른 삶을 열어주는 기회의 문을 결국 포기하고 만 것이다. 부모님은 익숙한 삶을 계속 살았다. 오랜 세월 함께. 아버지가 돌아가시고 엄마가 혼자 남을 때까지. 그리고 이제 엄마는 새로이 갈림길에 섰다.

암 센 터 의
용 감 한   세   여 자

몇 주 전 우리는 암센터에 다시 가야 했다. 성공적인 수술 이후 앞으로 구체적으로 어떻게 해야 할지 의논하기 위해서였다. 엄마는 지난번보다 정신이 더 맑아보였다. 나는 지난번 엄마가 전혀 인지하지 못했던 큰 사고, 구급차와 경찰헬기가 출동했던 일을 얘기했다. "얘가 무슨 헛소리야! 내가 그런 재미난 구경을 모르고 지나쳤다는 게 말이 되니?"

마침내 우리는 암센터에 도착했다. 대기실에 두 사람이 더 있었다. 우리는 가벼운 목례와 함께 "안녕하세요" 인사하고 빈자리에 앉았다. 엄마는 입을 꼭 다물고 있었다. 엄마와 나는 훔쳐보

듯 몰래 몰래 공간을 둘러봤다. 한 사람은 이제 막 머리카락이 돋아나기 시작했다. 화학요법을 받은 게 분명했다. 또 다른 사람은 머리카락이 아직 많았지만 살짝 창백해 보였고 내내 창밖만 조용히 내다봤다. 나는 속으로 생각했다. 두 여자는 지금 무슨 생각을 하고 있을까? 암센터 대기실에 앉은 그들의 기분은 어떨까? 모두가 침묵했다. 나는 곳곳에 비치된 수많은 팸플릿을 보지 않으려 안간힘을 썼다. 그 사이 나는 장이 너무 예민해져서 걸핏하면 가스가 차고 속이 거북했기 때문에 위내시경과 장내시경을 예약해 둔 상태였다. 예약 이후부터 두 검사에 대한 두려움을 떨쳐낼 수가 없었다. 게다가 기이하게도 예약을 잡은 직후부터 모든 증상이 싹 사라졌다. 그러나 예약을 취소하면 즉시 증상이 다시 나타나리란 걸 나는 잘 알고 있었다. 그것은 근심의 완벽한 무한루프이자 내가 평생 갇혀 살게 될 폐쇄된 고민 시스템이었다.

엄마는 핸드백을 열심히 뒤진 끝에 선글라스를 꺼내 들었다. "너무 밝아." 엄마가 툴툴댔다. "그래서 앞이 더 안 보여."

다시 침묵이 흘렀다. 엄마는 침묵이 불편했는지, 어제 본 텔레비전드라마 얘기를 내게 하며 거기 나오는 의사가 아주 못된 놈이라고 욕했다. 의사가 여자주인공에게 곧 죽을 거라는 말을 아주 건조하게 했다는 것이다. 다른 두 여자가 관심을 보였다. 그들도 같은 드라마를 본 게 틀림없었다.

"맞아요. 그러면 안 되는데. 나도 봤어요. 의사가 그럼 안 되죠. 정말 너무 했어요." 한 여자가 말했다.

다른 여자도 옆에서 끄덕였다. 역시 그 드라마를 잘 아는 사람이었고 이제 대화에 끼어들었다. "병원이 제안한 수술이라는 게 결국 위장 전체를 떼어내는 거잖아요. 여자가 참 안됐어요."

셋이 동시에 고개를 저었다. 그리고 텔레비전드라마에 나온 아픈 사연들에 대해 활기차게 토론했다. 이 상황이 나는 어쩐지 기괴하게 느껴졌다. 암에 걸린 세 여자가 암센터에 앉아 드라마에 나오는 가짜 암환자를 동정했다. 그러나 텔레비전드라마 얘기는 확실히 일종의 대화촉매제가 되어 세 사람이 자신의 고난을 함께 얘기하도록 다리를 놓아주었다. 대기실에 침묵이 흘렀을 때는 그런 대화가 불가능했다. 세 사람은 저마다 각자의 고난에 매몰되어 있었다. 그러나 드라마 주인공의 운명에 대해 얘기를 나눈 뒤 엄마가 한 여자에게 불쑥 물었다. "그럼 댁은 여기 왜 왔어요?"

"말도 말아요. 벌써 두 번째예요. 처음에 암에 걸려 치료를 받

앗는데 다른 암이 또 생겼대요." 이렇게 말하며 여자는 자신의
가슴과 아랫배를 가리켰다.

　이제 두 사람이 동시에 세 번째 여자에게 고개를 돌렸다. "유
방암." 세 번째 여자가 대답하고 지금까지의 진행과정을 설명했
다. 이제 세 여자는 본격적으로 암에 대해 토론했다. 서로의 경험
을 나누고 방사선치료와 화학요법의 장단점을 토론하고 택시비
와 보험료 정보를 교환했다. 세 여자 모두 어쩐지 아주 사무적으
로 보였다. 암이 마치 어떤 식으로든 처리해야하는 업무인 것처
럼 얘기했다.
　"아직까지는 모든 걸 혼자 해결할 수 있어요." 한 여자가 말
했다. "그리고 옛날에 건강했을 때를 그리워하지도 않아요. 그래
봐야 소용없으니까. 오직 앞만 보죠. 통증이 없는 날에 기뻐하고
또 하루를 맞은 걸 감사하며 살아요."
　엄마와 다른 여자가 끄덕였다.
　나는 내 보잘것없는 일상의 근심이 부끄러웠다. 여기 세 여자
는 목숨을 걸고 싸웠고 늘 대단한 용기와 존엄성으로 전투에 임
했다.

마침내 엄마와 나는 진료실로 호명되었다. 메르츠 박사는 '대박'에 가까운 수술 경과에 대해 열광했고, 암세포 일부가 늑막에 너무 가깝게 있어서 수술로 완전히 제거할 수 없었다고 다시 한 번 상세히 설명했다. 그러므로 이제 엄마는 얼마 동안 호르몬제를 먹어야 하고 무엇보다 방사선치료를 약 20회 받아야 했다. 그러나 방사선치료는 일반적으로 별로 힘들지 않고 그것으로 완치가 가능하다고 메르츠 박사는 확언했다.

엄마는 그저 고개만 끄덕였다. 엄마는 의사의 말을 완전히 신뢰했고 모든 것에 동의했다. 메르츠 박사가 접수대까지 동행하여 필요한 처방전을 발급하고 엄마에게 가장 중요한 '환자이송 서비스' 신청도 도와주었다.

이 모든 과정에서 엄마는 느긋하게 보행보조기에 기대 있었고 기분이 아주 좋았다. 모든 일이 엄마를 중심으로 도는 것이 아주 맘에 들었나보다. 엄마는 머리숱이 많고 키가 큰 매력적인 메르츠 박사를 의미심장하게 올려다봤다.

"선생님, 머리 좀 빌릴 수 있을까요?" 엄마가 대뜸 물었다. "내 건 이미 글렀어요. 게다가 방사선치료를 받으면 남은 머리카락마저 곧 다 빠질 테고. 선생님 머리가 아주 맘에 듭니다만."

메르츠 박사가 웃으며 대답했다. "저도 제 머리가 아주 맘에 듭니다. 슐렌츠 여사님. 그래서 아무한테도 빌려주지 않을 겁니다. 어쩔 수가 없네요."

나는 엄마가 여기서 왜 그토록 인기가 많은지 이해했다. 엄마는 우울한 암센터를 밝게 하는 분위기 메이커였다.

모든 일화를 빠짐없이 전하는 차원에서 밝혀두건대, 엄마는 방사선치료 후 환자이송서비스를 받을 수 없었다. 비록 합당한 서류를 손에 쥐었지만, 거기에 의료보험조합 도장을 받아와야한다는 걸 아무도 말해주지 않았기 때문이다. 결국 엄마는 며칠 뒤 택시를 탔고 당연히 택시 운전사는 서류를 받아주지 않았다. 도장이 찍히지 않은 서류로는 택시비를 환급받을 수 없을 테니까. 결국 엄마는 총 70유로를 내야 했고, 나중에 우리와 함께 의료보험조합을 몇 번씩 오고가야 했다.

엄마는 병원에 오가는 교통수단을 가장 많이 걱정했다. 그런 면에서 볼 때, 환자이송서비스를 제대로 갖추지 않은 병원이 아직도 아주 많은 것에 나는 화가 난다. 아무도 그것을 중요하게 여기지 않는 것 같다. 하지만 노인들은 어딘가를 헤매거나 제시간에 도착하지 못하거나 어딘가에서 불안하게 기다려야하는 걸 가장 두려워한다. 그러므로 친애하는 의사선생님들과 병원 관계자 여러분! 부디 환자이송을 진지하게 다뤄주십시오. 젊고 건강한 사람들은 편하게 택시를 타고 다니지만, 늙고 병든 사람들에게 택시를 타는 것은, IS가 습격한 도시에서 빠져나가기 위해 마지막 남은 비행기좌석 한 자리를 얻으려 싸우는 것과 같습니다.

그리고
다시 집으로

- 우리는 함께 해냈다

방사선치료가 시작되었다. 엄마는 혼자 택시를 타고 병원에 다녔고 이제 규정대로 의료보험조합이 택시비를 댔다. 병원에 다녀올 때마다 살짝 기운이 없긴 했지만 잘 버텼다. 엄마는 코발트방사선치료를 '코볼트(요괴)방사선치료'라고 부르는데, 나는 그 이름이 맘에 든다. 어쩐지 엄마의 평소 말씨나 성격과 더 어울리는 것 같기 때문이다.

곧 '요괴치료'도 끝날 것이다. 엄마는 암을 이겨내고 두 번째 기회를 얻었다.

몇 주 전 동생과 나는 엄마를 모시고 한 요양원을 방문했었다. 입주자들이 작은 개인아파트에서 독자적으로 지냈다. 아파트에 작은 부엌이 있어 직접 음식을 해먹어도 되고 미리 신청하면 구내식당에서 먹을 수도 있다. 또한 자체 간병서비스가 있기 때문에 필요에 따라 신청하면 된다. 이곳을 엄마와 미리 살펴보자는 제안은 동생이 먼저 했다. 슐렌츠 여사가 얼마나 더 집에서 혼자 지낼 수 있을지 알 수 없었으니까. 하지만 처음에 엄마는 단칼에 싫다고 했다. "요양원이라면 완전히 정나미가 떨어졌으니, 집어 치워." 하지만 아파트 입주 대기시간이 최소한 1년이라는 얘기를 들은 뒤 마침내 엄마는 일단 구경이나 하자며 못 이기는 척 동의했다. 적어도 앞으로 1년은 집에서 살 수 있다는 생각에 마음이 누그러진 것이리라.

우리는 아파트형 요양원에 갔다. 친절한 여자가 우리를 안내했고 엄마는 크게 감탄하며 대기자명단에 이름을 올렸다. 엄마는 부엌과 발코니가 있는 작은 아파트를 보자마자 맘에 들어했다. 건물 복도 전체가 이른바 보행보조기 고속도로였다. 교통 흐름이 활기찼다. 엄마는 언젠가 이곳으로 이사 오는 것에 더는 거부감이 없어 보였다.

이제 거의 모든 것이 안정을 찾았다. 엄마는 전체적으로 80번째 생일 직전 때와 거의 비슷한 상태가 되었다. 수술을 이겨냈고 암을 치료했고 여러 번의 낙상을 극복했고 병약자에서 다시 자립해 살 수 있는 사람으로 발전했다. 엄마는 정말로 많은 걸 해냈다. 우리 모두가 많은 걸 해냈다. 우리는 함께 어떻게든 해냈다.

이 책의 마지막 장을 쓰고 있는 지금, 나는 자신 있게 말할 수 있다. 현재 엄마는 전반적으로 잘 지낸다. 비록 1년 전보다 확실히 쇠약해졌고 '머리뚜껑' 없이 살아가지만, 엄마는 집안에서 그럭저럭 활기차게 보행보조기를 밀고 다니며 직접 아침저녁을 준비한다. 엄마의 친구 마르고트가 정기적으로 케이크를 들고 커피를 마시러 온다. 동생과 내가 자주 엄마를 방문한다. 며칠 전에는 심지어 엄마와 짧은 산책도 다녀왔다. 아무튼 엄마는 혼자 쓰레기를 밑에 내려다 놓을 수 있고, 어제는 놀랍게도 혼자 시장도 다녀왔다. "마트에 주문하고 배달을 신청하면 직원이 자꾸 엉뚱한 물건을 보내잖아. 그게 신경질이 나서 어제는 내가 직접 다녀왔어." 엄마는 보행보조기를 밀며 힘겹게 마트까지 가서 직접 시장을 봐왔다. 그러나 그것은 역시 아주 고된 일이었고, 엄마가 강조했듯이, 아주 드문 예외일 것이다.

그러나 짐작키로 엄마는 곧 다시 시장보기를 시도할 것이다.

엄마는 시장과 마트에서 사람들과 얘기 나누는 걸 아주 좋아하기 때문이다. 그리고 그곳 사람들이 친절하게 엄마를 반긴다. 그들은 엄마의 유머와 익살을 좋아한다. 아무튼 쇼핑과 관련된 유머 중에서 엄마가 제일 좋아하는 거 하나만 소개하면 이렇다. 고객이 정육점에 와서 말한다. "안녕하세요. 소시지 주세요. 지방 많고 거친 놈으로." 정육점 주인이 대답한다. "죄송합니다. 그 친구는 오늘 학교 가고 없어요."

정육점 직원을 뚱뚱하고 거칠다고 흉봤던 걸로 볼 때, 이것은 엄마가 만든 유머임에 틀림없다!

애석하게도 엄마는 점점 쇠약해지는 것 같다. 황반변성 퇴화가 엄마를 힘들게 했다. 고칠 수가 없는 병이었다. 엄마의 시력이 급격히 나빠졌다. 앞이 안 보이는 문제가 언젠가는 엄마의 최대 난제가 될 것이다. 하지만 아직은 지낼만하다. 아직은 돋보기로 읽을 수 있고, 텔레비전도 볼 수 있다. 그러나 이게 얼마나 갈까? 두고 보면 알겠지.

엄마의 삶은 이제 점점 활동성을 잃어간다. 하지만 현재 엄마는 병원과 요양원을 떠나 다시 집에 왔고 혼자 힘으로 스스로 결정하며 살아간다. 엄마는 요양원에서 자율성과 자기결정권을 상실한 채 사는 걸 최악이라고 생각한다. "사람들이 걸핏하면 노크도 없이 내 방으로 불쑥 기어들어왔어. 나는 그게 너무 싫었어. 사방에 널린 멍청한 늙은이들은 또 어떻고!"

요양원이 엄마의 회복을 위해 얼마나 중요하고 바른 선택이었는지 벌써 잊은 걸까? 이제와 그게 무슨 상관이랴. 사려 깊은 이해와 통찰은 엄마의 특기가 아니다. 앞으로 무슨 일이 우리 인생에 생길지 두고 볼 일이다. 최근에 엄마는 놀랍게도 전화통화 중에 괴테의 《파우스트》를 인용해 엄마의 인생 후반기 좌우명을 말했다. "그저 놀고먹기에는 너무 늙었고, 희망 없이 살기에는 너무 젊다." 엄마는 죽을 때까지 이 좌우명대로 살겠다고 했다. 바야흐로 이제 엄마에게는 아주 작은 희망만이 남았으리라.

그러므로 우리 삼남매는 트라우테 슐렌츠 여사가 혼자 힘으로 자기 집에서 최대한 오래 지낼 수 있기를 희망한다. 엄마가 자신의 작은 동굴에서 라디오를 듣고 가끔씩 특유의 다다이즘 방식으로 통화하고 '한심한' 텔레비전 프로그램을 열렬히 욕할 수 있기를 바란다.

어제 엄마가 내게 전화했다. "오늘 저녁에 토크쇼를 봤는데,

내가 좋아하는 코미디언이 게스트로 나왔어. 하지만 예전만큼 재미가 없더라. 옛날에는 진짜 재밌었는데. 1970년대에는 어느 좌파 록밴드가 나와서 도끼로 테이블을 박살낸 적도 있었어."

아버지와 엄마는 그 프로그램을 아주 좋아했었다.

그때는 최소한 시끌벅적 사람 사는 것 같았다!

부모의 늙음,
우리는 얼마나 준비되어 있나

더 늦기 전에 사랑한다고 말하세요.

같이 여행도 다니고, 되도록 많은 시간을 함께 보내세요.

돌아가신 뒤에 후회하지 말고, 살아계실 때 자주 찾아뵈세요.

노부모에 관한 조언은 대개 이런 식이다. 틀린 얘기는 아니지만, 현실적인 조언은 아니다. 이런 조언들은 기본적으로 돌봄이 필요 없는 부모에게 해당하기 때문이다. 사랑한다고 말하고, 같이 여행을 다니고, 함께 시간을 보내며 추억을 쌓는 일은 분명 아름답고 낭만적이다. 그러나 노부모를 돌보는 일은 때로는 가혹

하리만치 냉정한 '현실'이다.

　나 역시 노부모를 돌보는 일에 대해 '요양원은 너무 삭막할 것 같아. 나는 프리랜서라 시간 내기 좋으니까 부모님이 혼자 살기 어려워지면 내가 모시고 살아야지' 정도로 그저 막연하게만 생각했었다.

　그러던 중 이 책을 만났다. 위트 넘치는 에피소드 위주의 서술이 독서는 가볍게 해주지만, 읽는 동안 마음은 점점 진지해졌다. 노부모를 돌보는 일을 아주 구체적으로, 현실적으로 상상해보기 시작했기 때문이다. 독일은 요양원 제도가 워낙 잘 마련되어 있고 노후를 요양원에서 보내는 것에 대한 인식도 부정적이지 않아, 이 책에서처럼 거의 대부분의 노후준비는 요양원 입주 준비나 마찬가지다. 그러나 한국은 상황이 좀 다르다. 그래서 나의 상상은 조금 더 복잡하고 심각했고 무거웠다.

　이 책의 번역을 마치고 얼마 후, 독일 생활을 접고 한국으로 들어와 노부모님 곁에 정착했다. 자식으로서의 도리를 다하며, 부모님의 노후를 함께 행복하게 보내야겠다는 생각과 달리, 얼마 되지 않아 노부모의 삶, 그 현실 곳곳에 숨어 있는 생각지도 못한 복병들을 만나게 되었다. 정말이지, 노부모를 돌보는 일은… 막연한 다짐으로는 해낼 수 있는 일이 아니다.

나이가 들면 누구나 예외 없이 여기저기 아프기 시작한다. 정기적으로 가야 하는 병원이 늘어나고, 더불어 챙겨 먹어야 하는 약도 늘어난다. 혼자 힘으로 병원에 갈 수 없는 때가 반드시 올 테고, 그러면 누군가는 그 모든 병원순례에 동행해야 한다.

어디 몸뿐이랴. 나이가 들면 마음도 예민해진다. 자식들 눈치도 보고, 고집은 세지고, 자꾸 짜증도 나고, 작은 일에도 서운해한다. 이뿐이면 다행이다. 괜히 자식들 신경 쓴다고, 숨기고 감추다 문제를 더 키우는 경우도 종종 생긴다.

거동이 불편한 노부모라면 문제는 더 심각해진다. 갓난아기를 돌보는 것과 똑같이 24시간을 곁에서 돌봐야 한다. 아마도 갓난아기를 돌보는 것보다 몇 배는 더 힘들 것이다. '독박육아'라는 말이 있듯이 '독박수발'이 불가피한 상황도 찾아온다.

결국, 요양병원에 모실 수밖에 없을까? 그러나 그럼 괜히 자식으로서의 도리를 다하지 못한 것만 같은 죄책감이 든다.

그러니 늙어가는 부모를 둔 자식들이라면, '남은 시간 동안 어떻게 추억을 쌓을까?'가 아니라 '더 늙고 병들어 거동이 힘들어지면 그때 어떻게 돌봐야 할까?'를 금전적인 문제를 포함해서 구체적으로 생각해둬야 한다.

나 역시 아직은 이렇다 할 대비와 계획을 세우진 못했다. 그러나 이 책을 계기로 적어도 현실적이고 구체적으로 노부모와 나의 미래를 생각하기 시작했다.

이 책을 계기로 여러분도 부모가 늙었을 때 닥치게 될 일들에 대해 한번 진지하게 생각해보길 바란다. 처음에는 막연한 불안과 걱정, 슬픔이 앞서겠지만, 그런 감정의 소용돌이를 겪고 나면 책에 등장하는 삼남매처럼, 비극적일 것만 같은 상황에서도 작은 희망을 발견하고, 또 그 힘으로 앞으로 닥치게 될 많은 상황들을 이겨낼 수 있을 것이다.

끝으로, 이 책이 한국독자를 만날 수 있게 애써주신 모든 관계자분들께 감사의 말을 전한다. 그리고 내 얘기를 귀담아 들어주고 지지해주고 의논해준 다정한 남편에게도 감사하다.

마지막으로 정말 하고 싶은 말은, "어머니, 아버지! 조금만 천천히 늙어주세요."

2018년 11월

배명자

늙은 엄마라도, 아픈 엄마라도, 고집불통 엄마라도
엄마, 조금만 천천히 늙어 줄래?

초판 1쇄 인쇄 2018년 11월 12일 초판 1쇄 발행 2018년 11월 19일

지은이 케스터 슐렌츠
옮긴이 배명자
펴낸이 연준혁

출판 2본부 이사 이진영
출판 2분사 분사장 박경순
책임편집 정지은
디자인 강경신

펴낸곳 (주)위즈덤하우스 미디어그룹 출판등록 2000년 5월 23일 제13-1071호
주소 경기도 고양시 일산동구 정발산로 43-20 센트럴프라자 6층
전화 031)936-4000 팩스 031)903-3893 홈페이지 www.wisdomhouse.co.kr

값 13,000원
ISBN 979-11-6220-974-5 03850

국립중앙도서관 출판시도서목록(CIP)

(늙은 엄마라도, 아픈 엄마라도, 고집불통 엄마라도) 엄마,
조금만 천천히 늙어줄래? / 지은이: 케스터 슐렌츠 ; 옮긴이
: 배명자. — 고양 : 위즈덤하우스미디어그룹, 2018
    p. ; cm

원표제: Mutti baut ab : wenn Eltern alt werden
원저자명: Kester Schlenz
독일어 원작을 한국어로 번역
ISBN 979-11-6220-974-5 03850 : ₩13000

수기(글)[手記]
투병 생활[鬪病生活]

858-KDC6
838.92-DDC23   CIP2018035551